Tucholsky Wagner Zola Scott Sydow Freud Schlegel
Turgenev Wallace Fonatne Freud
Twain Walther von der Vogelweide Fouqué Friedrich II. von Preußen
Weber Freiligrath
Fechner Fichte Weiße Rose von Fallersleben Kant Ernst Frey
Richthofen Frommel
Engels Fielding Hölderlin
Fehrs Faber Flaubert Eichendorff Tacitus Dumas
Feuerbach Maximilian I. von Habsburg Fock Eliasberg Zweig Ebner Eschenbach
Ewald Eliot Vergil
Goethe Elisabeth von Österreich London
Mendelssohn Balzac Shakespeare Dostojewski Ganghofer
Trackl Lichtenberg Rathenau Doyle Gjellerup
Mommsen Stevenson Tolstoi Lenz Hambruch Droste-Hülshoff
Thoma Hanrieder
Dach Verne von Arnim Hägele Hauff Humboldt
Karrillon Reuter Rousseau Hagen Hauptmann Gautier
Garschin
Damaschke Defoe Hebbel Baudelaire
Descartes
Hegel Kussmaul Herder
Wolfram von Eschenbach Dickens Schopenhauer Rilke George
Bronner Darwin Melville Grimm Jerome
Campe Horváth Aristoteles Bebel Proust
Bismarck Vigny Voltaire Federer Herodot
Gengenbach Barlach Heine
Storm Casanova Tersteegen Grillparzer Georgy
Chamberlain Lessing Langbein Gilm Gryphius
Brentano Lafontaine
Strachwitz Claudius Schiller Kralik Iffland Sokrates
Katharina II. von Rußland Bellamy Schilling
Gerstäcker Raabe Gibbon Tschechow
Löns Hesse Hoffmann Gogol Wilde Vulpius
Luther Heym Hofmannsthal Klee Hölty Morgenstern Gleim
Roth Heyse Klopstock Kleist Goedicke
Luxemburg Puschkin Homer Mörike
La Roche Horaz Musil
Machiavelli Kierkegaard Kraft Kraus
Navarra Aurel Musset Lamprecht Kind Hugo Moltke
Nestroy Marie de France Kirchhoff
Laotse Ipsen Liebknecht
Nietzsche Nansen Ringelnatz
Marx Lassalle Gorki
von Ossietzky May Klett Leibniz
vom Stein Lawrence Irving
Petalozzi Platon Knigge
Sachs Poe Pückler Michelangelo Kafka
Liebermann Kock Korolenko
de Sade Praetorius Mistral Zetkin

Der Verlag tredition aus Hamburg veröffentlicht in der Reihe **TREDITION CLASSICS** Werke aus mehr als zwei Jahrtausenden. Diese waren zu einem Großteil vergriffen oder nur noch antiquarisch erhältlich.

Symbolfigur für **TREDITION CLASSICS** ist Johannes Gutenberg (1400 — 1468), der Erfinder des Buchdrucks mit Metalllettern und der Druckerpresse.

Mit der Buchreihe **TREDITION CLASSICS** verfolgt tredition das Ziel, tausende Klassiker der Weltliteratur verschiedener Sprachen wieder als gedruckte Bücher aufzulegen – und das weltweit!

Die Buchreihe dient zur Bewahrung der Literatur und Förderung der Kultur. Sie trägt so dazu bei, dass viele tausend Werke nicht in Vergessenheit geraten.

Der beschriebene Tännling

Adalbert Stifter

Impressum

Autor: Adalbert Stifter
Umschlagkonzept: toepferschumann, Berlin

Verlag: tradition GmbH, Hamburg
ISBN: 978-3-8424-1223-1
Printed in Germany

Text der Originalausgabe

Adalbert Stifter

Der beschriebene Tännling

1845

1. Der graue Strauch

Wenn man die Karte des Herzogthumes Krumau ansieht, welches im südlichen Böhmen liegt, so findet man in den dunkeln Stellen, welche die großen Wälder zwischen Böhmen und Baiern bedeuten, allerlei seltsame und wunderliche Namen eingeschrieben; zum Beispiele: »zum Hochficht,« »zum schwarzen Stoke,« »zur tiefen Lake,« »zur kalten Moldau,« und dergleichen. Diese Namen bezeichnen aber nicht Ortschaften oder gar Herbergen, die solche Schilder führen, sondern ganz einfache Waldesstellen, die hervorgehoben sind, um gewisse Linien und Richtungen anzugeben, nach denen man in den weiten Forsten ohne Weg oder anderes Merkmal gehen könnte. Die Namen sind von denjenigen Leuten erfunden worden, welche am meisten ohne Weg und Bezeichnung im Walde zu gehen pflegen, nämlich von Jägern und Schleichhändlern. Wie aber sinnliche Menschen, das heißt solche, deren Kräfte vorzugsweise auf die Anschauung gerichtet sein müssen, schnell die bezeichnenden Eigenschaften der Dinge finden, sind auch diese Namen meistens von sehr augenfälligen Gegenständen der Stellen genommen.

So heißt es auch in einem großen Fleke, der auf der Seite des böhmischen Landes liegt, »zum beschriebenen Tännling.« Einen Tännling nennt man aber in der Gegend eine junge Tanne, die jedoch nicht größer sein darf, als daß sie noch ein Mann zu umfassen im Stande ist. Wenn nun ein Wanderer wirklich zu der Stelle geht, auf welcher es zum beschriebenen Tänn ling heißt, so sieht er dort allerdings eine Tanne stehen, aber dieselbe ist kein Tännling mehr, sondern ein riesenhaft großer und sehr alter Baum, der gewaltige Aeste, eine rauhe aufgeworfene Rinde, und mächtige in die Erde eingreifende Wurzeln hat. An seinem Fuße liegen mehrere regelmäßige Steine, die wohl zufällig dort liegen mögen, die aber wie zum Sizen hingelegt scheinen. Den Namen beschrieben mag die Tanne von den vielen Herzen, Kreuzen, Namen und andern Zeichen erhalten haben, die in ihrem Stamme eingegraben sind. Natürlich ist sie einmal ein Tännling gewesen, die Steine, an denen sie stand, mochten zum Sizen einladen, und es mochte einmal einer seinen Namen oder sonst etwas in die feine Rinde eingeschnitten haben. Die verharschenden Zeichen haben einen andern angereizt, etwas dazu zu schneiden, und so ist es fort gegangen, und so ist der Name und die Sitte geblieben. Der beschriebene Tännling steht mitten in dem stillen Walde, und die andern Tannen stehen tausendfach und unzählig um ihn herum. Oft mögen sie noch größer und mächtiger sein, als er. Der Wald, dem sie angehören, ist ein Theil jener dunkelnden großen und starken Waldungen, die über den ganzen emporgehobenen Landstrich gebreitet sind, der sich zwischen Böhmen und Baiern dahin zieht.

In diesen Waldungen ist auch da, wo sie sich gegen das österreichische Land hinziehen, ein helles lichtes Thal geöffnet, von dem wir an der zweiten Stelle unserer Geschichte nach dem beschriebenen Tännling reden müssen, weil sich in ihm ein großer Theil von dem, was wir erzählen wollen, zugetragen hat. Das Thal ist sanft und breit, es ist von Osten gegen Westen in das Waldland hinein geschnitten, und ist fast ganz von Bäumen entblößt, weil man, da man die Wälder ausrottete, viel von dem Ueberflusse der Bäume zu leiden hatte, und von dem Grundsaze ausging, je weniger Bäume überblieben, desto besser sei es. In der Mitte des Thales ist der Marktfleken Oberplan, der seine Wiesen und Felder um sich hat, in nicht großer Ferne auf die Wasser der Moldau sieht, und in größerer mehrere herumgestreute Dörfer hat. Das Thal ist selber wieder nicht eben, sondern hat größere und kleinere Erhöhungen. Die bedeutendste ist der Kreuzberg, der sich gleich hinter Oberplan erhebt, von dem Walde, mit dem er einstens bedekt war, entblößt ist, und seinen Namen von dem blutrothen Kreuze hat, das auf seinem Gipfel steht. Von ihm aus übersieht man das ganze Thal. Wenn man neben dem rothen Kreuze steht, so hat man unter sich die grauen Dächer von Oberplan, dann dessen Felder und Wiesen, dann die glänzende Schlange der Moldau und die obbesagten Dörfer. Sonst sieht man von dem Kreuzberge aus nichts; denn ringsum schließen den Blik die umgebenden blaulichen dämmernden Bänder des böhmischen Waldes. Nur da, wo das Band am dünnsten ist, sieht man doch manchmal auch noch etwas anderes. Wenn an einem Morgen Regen bevorsteht, und die Luft so klar ist, daß man die Dinge in keinem färbenden Dufte, sondern in ihrer einfachen Natürlichkeit sieht, so erblikt man zuweilen im Südost über der schmalsten Waldlinie die norischen Alpen, so weit und märchenhaft draußen schwebend, wie mattblaue starr gewordene Wolken.

Gewöhnlich überzieht sich an solchen Tagen gegen Mittag hin der ganze über dem Waldlande stehende Himmel mit einer stahlgrauen Wolkendeke, und läßt nur über den Alpen einen glänzenden Strich, zum Zeichen, daß in dem niedriger gelegenen Oesterreich noch heiterer Sonnenschein herrscht. Am andern Tage rieselt dann der feine dichte Regen nieder, und verhüllt nicht nur die Alpen, sondern auch die umgebenden blauen Bänder des Waldes.

Aber nicht blos wegen seiner Aussicht kömmt der Kreuzberg in Betracht, sondern es sind auch noch mehrere Dinge auf ihm, die ihn den Oberplanern bedeutsam und merkwürdig machen.

An einer Stelle stehen Felsen hervor, auf die man einerseits eben von dem Rasen hinzu gehen kann, und die andererseits tief und steil abfallen, fast vierekige Säulen bilden und am Fuße viele kleine Steine haben. Es ist einmal eine Bäuerin gewesen, die wegen ihrer außerordentlichen Schönheit berühmt war. Sie trug immer die Milch, die sie den fernen Arbeitern auf einer Wiese zur Labung brachte, über den Kreuzberg. Weil sie aber den Worten eines Geistes kein Gehör gab, wurde sie von ihm auf ewige Zeiten verflucht, oder wie sich die Bewohner der Gegend ausdrüken, verwunschen, daß an ihrer Stelle die seltsamen Felsen hervor stehen, die noch jezt den Namen Milchbäuerin führen. Die Säulen der Milchbäuerin sind durch feine aber deutlich unterscheidbare Spalten geschieden. Einige sind höher, andere niederer. Sie sind alle von oben so glatt und eben abgeschnitten, daß man auf den niederern sizen und sich an die höhern anlehnen kann. In der sonnigen Tiefe unter der Milchbäuerin sind die Pflanzbeete der Oberplaner, das ist, aufgelokerte Erdstellen, in denen sie im ersten Frühlinge die Pflänzchen des Weißkohles ziehen, um sie später auf die gehörigen Aeker zu verpflanzen. Warum die Leute diese von ihren Wohnungen so entlegene Stelle wählen, ist unbekannt, nur ist es seit Jahrhunderten so gewesen; befindet sich etwas eigenthümliches in der Erde, oder ist es nur die warme Lage des Bodens, der sich gegen Mittag hinabzieht, oder ist es die Abhärtung, welche die Pflänzchen auf dem steinigen Grunde erhalten: genug, die Leute sagen, sie gedeihen von keiner Stelle weg so gut auf den Feldern, wie von dieser, und Versuche, die man unten in Gärten gemacht hat, fielen schlecht aus, und die Sezlinge verkamen nachher auf den Aekern.

Nahe an der Milchbäuerin stehen zwei Häuschen auf dem Rasen. Sie sind rund, schneeweiß, und haben zwei runde spizige Schindeldächer. Sie haben keine Fenster und Simse, sondern nur eine kleine Thür. Wenn man bei dieser Thür hinein schaut, so sieht man keinen Fußboden, sondern unten, durch den Kreis der Ummauerung eingefangen, ein ruhiges klares Wasser, das den Sand und den Kies seines Grundes so deutlich herauf schimmern läßt, wie durch feines geschliffenes Glas. Auf jedem der zwei Wasserspiegel schwimmt ein kleiner hölzerner Kübel, der einen langen Stiel hat, welcher bei der Thür heraus ragt, daß man ihn fassen und sich Wasser herauf schöpfen kann. Zwischen den zwei Häuschen steht eine sehr alte und sehr große Linde. Ihr Stamm ist so mächtig, daß eine kleine Wohnung darin Plaz hätte, und ihre mannsdiken Aeste gehen weit über die zwei spizigen Schindeldächer hinaus.

Wieder nicht weit von den Häuschen, so daß man etwa mit zwei Steinwürfen hinreichen könnte, steht ein Kirchlein. Es ist das Gnadenkirchlein der schmerzhaften Mutter Gottes zum guten Wasser, weil ein Bildniß der heiligen Jungfrau mit den Schwertern des Schmerzes im Herzen auf dem Hochaltare steht. Zwischen Oberplan und dem Kirchlein ist ein junger Weg mit jungen Bäumen an den Seiten, so wie von dem Kirchlein zu den Brunnenhäuschen ein breiter Sandweg mit alten schattigen Linden ist.

Außer den drei Dingen, der Milchbäuerin, den Brunnenhäuschen und dem Kirchlein, ist noch ein viertes, das die Aufmerksamkeit auf sich zieht. Es ist ein alter Weg, der ein wenig unterhalb des Kirchleins ein Stük durch den Rasen dahin geht, und dann aufhört, ohne zu etwas zu führen. Er ist von alten gehauenen Steinen gebaut, und an seinen Seiten stehen alte Linden; aber die Steine sind schon eingesunken und an manchen Stellen in Unordnung gerathen; die Bäume jedoch, obwohl sie schon manchen dürren Ast zum Himmel streken, haben noch so viel Lebenskraft bewahrt, daß sie alle Jahre im Herbste eine ganze Wucht von gelben Blättern auf die verwitternden und verkommenden Steine zu ihren Füßen fallen lassen.

Wenn man das Kreuz auf dem Gipfel ausnimmt, so ist nun nichts mehr auf dem Berge, das Merkwürdigkeit ansprechen könnte. Die obenerwähnten Bäume sind die einzigen, die der Berg hat, so wie der Felsen der Milchbäuerin der einzige bedeutende ist. Von Oberplan bis zu dem Kirchlein ist der Berg mit feinem dichten Rasen bedekt, der wie geschoren aussieht, und an manchen Stellen den Granit und den steinigen Gries des Grundes hervor schauen läßt. Von dem Kirchlein bis zu dem Gipfel und von da nach Ost, Nord und West hinunter stehen dichte rauhe knorrige aber einzelne Wachholderstauden, zwischen denen wieder der obgenannte Rasen ist, aber auch manches größere und gewaltigere Stük des verwitternden Granitsteines hervorragt.

Von der Entstehung des Kirchleins und der Brunnenhäuschen gibt eine alte Erzählung folgende Aufklärung:

In dem Hause zu Oberplan, auf welchem es zum Sommer heißt, und welches schon zu denjenigen gehört, die sehr nahe an dem Berge sind, so daß Schoppen und Scheune schon manchmal in denselben hinein gehen, träumte einem Blinden drei Nächte hintereinander, daß er auf den Berg gehen und dort graben solle. Es träumte ihm, daß er dreiekige Steine finden würde, dort solle er graben, es würde Wasser kommen, mit dem solle er sich die Augen waschen, und er würde sehen. Am Morgen nach der dritten Nacht nahm er eine Haue, ohne daß er Jemanden etwas sagte, und ging auf den Berg. Er fand die dreiekigen Steine und grub. Als er eine Weile gegraben hatte, hörte er es rauschen, wie wenn Wasser käme, und da er genauer hin horchte, vernahm er das feine Geriesel. Er legte also die Haue weg, tauchte die Hand in das Wasser, und fuhr sich damit über die Stirne und über die Augen. Als er die Hand weg gethan hatte, sah er. Er sah nicht nur seinen Arm und die daliegende Haue, sondern er sah auch die ganze Gegend, auf welche die Sonne recht schön hernieder schien, den grünen Rasen, die grauen Steine und die Wachholderbüsche. Aber auch etwas anderes sah er, worüber er in einen fürchterlichen Schreken gerieth. Dicht vor ihm mitten in dem Wasser saß ein Gnadenbild der schmerzhaften Mutter Gottes. Das Bildniß hatte einen lichten Schein um das Haupt, es hatte den todten gekreuzigten Sohn auf dem Schoße und sieben Schwerter in dem Herzen. Er trat auf dem Rasen zurük, fiel auf seine Knie und betete zu Gott. Als er eine Weile gebetet hatte, stand er auf, und rührte das Bild an. Er nahm es aus dem Wasser, und sezte es neben dem größten der dreiekigen Steine auf den Rasen in die Sonne. Dann betete er noch einmal, blieb lange auf dem Berge, ging endlich nach Hause, breitete die Sache unter den Leuten aus, und blieb sehend bis an das Ende seines Lebens. Noch an demselben Tage gingen mehrere Menschen auf den Berg, um an dem Bilde zu beten; später kamen auch andere; und da noch mehrere Wunder geschahen, besonders an armen und gebrechlichen Leuten, so baute man ein Dächelchen über das Bild, daß es nicht von dem Wetter und der Sonne zu leiden hätte. Man weiß nicht, wann sich das begeben hatte, aber es muß in sehr alten Zeiten gewesen sein. Eben so weiß man nicht, was später mit dem Bilde geschehen sei, und aus welcher Ursache es einmal in dem Laufe der Zeiten nach dem Marktfleken Untermoldau geliehen worden ist: aber das ist gewiß, daß der Hagelschlag sieben Jahre hintereinander die Felder von Oberplan verwüstete. Da kam das Volk auf den Gedanken, daß man das Bild wieder holen müsse, und ein Mann aus dem Christelhause, das auf der kurzen Zeile steht, trug es auf seinem Rüken von Untermoldau nach Oberplan. Der Hagelschlag hörte auf, und man baute für das Bild eine sehr schöne Kapelle aus Holz, und strich dieselbe mit rother Farbe an. Man baute die Kapelle an das Wasser des Blinden, und sezte hinter ihr eine Linde. Auch fing man einen breiten Pflasterweg mit Linden von der Kapelle bis nach Oberplan hinab zu bauen an, allein der Weg ist in späteren Zeiten nicht fertig geworden. Nach vielen Jahren war einmal ein sehr frommer Pfarrer in Oberplan, und da sich die Kreuzfahrer zu dem Bilde stets mehrten, ja sogar andächtige Schaaren über den finstern Wald aus Baiern herüber kamen, so machte er den Vorschlag, daß man ein Kirchlein bauen solle. Das Kirchlein wurde auf einem etwas höheren und tauglicheren Orte erbaut, und man brachte das Bild in einer frommen Pilgerfahrt in dasselbe hinüber, nachdem man es vorher mit zierlichen und schönen Gewändern angethan hatte. Die rothe Kapelle wurde weggeräumt, und über dem Wasser des Blinden, das sich seither in zwei Quellen gespalten hatte, wurden die zwei Brunnenhäuschen gebaut. Dadurch geschah es, daß die Linde, die hinter der Kapelle gestanden war, nun zwischen den Brunnenhäuschen steht, und dadurch geschah es, daß der Pflasterweg, der früher zur Kapelle hätte führen sollen und unvollendet geblieben war, nun ohne Ziel und Zwek in dem Rasen liegt. Ein Nachfolger des Pfarrers ließ den jungen Weg von Oberplan zu dem Kirchlein machen, pflanzte die jungen Bäume an seine Seiten, und ließ von den Schulkindern die kleinen Steine von ihm weg lesen, die sich aus Zufall dort eingefunden hatten.

Das Kirchlein ist das nämliche, das noch heut' zu Tage steht. Das Thürmchen mit den hellklingenden Gloken steht gegen Sonnenaufgang, die Mauern sind weiß, nur daß sie an den Simsen und Fenstern hochgelbe Streifen haben, die langen Fenster schauen alle gegen Mittag, daß eine freundliche Helle ist, und an schönen Tagen sich der Sonnenschein über die Kirchstühle legt. Das Gnadenbild befindet sich auf dem Hochaltare, so daß, wenn am Morgen die Sonne aufgeht, ein lichter Schein um sein Haupt ist, wie einstens im Wasser, da es sich dem Blinden entdekte. Manche Menschen haben Kostbarkeiten und andere Dinge in das Kirchlein gespendet. Wie sehr es gehegt und gepflegt werde, hängt jedesmal von dem Pfarrer in Oberplan ab. Jezt ist immer, wenn nicht gar schlechtes Wetter ist, die zweite Messe oben, und immer finden sich Andächtige ein, die ihr beiwohnen. Selbst in der heißen Erntezeit, wo Alles auf den Feldern ist, sizen wenigstens einige Mütterlein da, und beten zu dem wunderthätigen Bilde. Die Bewohner der Gegend verehren das Kirchlein sehr, und Mancher, wenn er in den fernen Wäldern geht und durch einen ungefähren Durchschlag derselben das weiße Gebäude auf dem Berge sieht, macht ein Kreuz, und thut ein kurzes Gebet.

Wann das Kreuz auf dem Gipfel gesezt worden ist, ob es sammt dem Namen des Berges schon vor dem Kirchlein vorhanden gewesen, oder erst später entstanden ist, weiß kein Bewohner von Oberplan oder von den umliegenden Ortschaften anzugeben.

Die Oberplaner gehen sehr gerne auf den Berg, besonders an Sonntagnachmittagen, wenn es Sommer und schön ist. Sie gehen in das Kirchlein, gehen unter den Wachholderstauden herum, gehen zu dem rothen Kreuze und zu den zwei Brunnenhäuschen. Da kosten sie von dem Wasser, und waschen sich ein wenig die Stirne und die Augenlider. Die Kinder gehen wohl auch an andern Tagen hinauf, um unter den Wachholdersträuchen gestreifte Schnekenhäuser zu suchen.

Nachdem wir nun den Schauplaz beschrieben haben, gehen wir zu dem über, was sich dort zugetragen hat.

Wenn man von dem rothen Kreuze über den Berg nach Westen hinabgeht, so daß die Häuser von Oberplan vor den Augen versinken, so geht man Anfangs zwischen den dichten Wachholderstauden, dann beginnt feiner Rasen, und dann stehen zuerst dünne und dann dichter einzelne Föhrenstämme, welche die Pichlerner Weide heißen, weil einstens das Vieh zwischen ihnen herum ging und weidete. Wenn man aber aus den Föhrenstämmen hinaus getreten ist, so steht ein weißes Häuschen. Nicht weit davon, etwa zwei Büchsenschüsse, beginnen Felder und Wiesen, in denen das Dorf Pichlern liegt, durch das ein schöner Bach der Moldau zufließt.

Das weiße Häuschen ist vor vielen Jahren von den Besizern der Schwarzmühle zu Pichlern zu dem Zweke erbaut worden, daß es allemal einem alten Dienstboten, der lange und treu in der Schwarzmühle gedient hatte, als Wohnung gegeben werde. Wenn auch das Häuschen einsam am Rande der Weide liegt, so liegt es doch, wie es für das Alter nöthig ist, gegen die Sonne gekehrt, und ist durch die Bäume vor den Winden geschüzt.

Zur Zeit, als das Kirchlein auf dem Berge schon stand, als es aber noch so früh war, daß eben die Tage unserer Großeltern im Anbrechen waren, lebte in dem weißen Häuschen eine Frau, die zwar kein Dienstbote in der Schwarzmühle gewesen war, der man aber doch aus Mildthätigkeit das Häuschen eingeräumt hatte, weil eben kein geeigneter Dienstbote vorhanden gewesen war. Die Frau hatte nur eine Ziege, welche in dem Ställchen des Häuschens angebunden war. Sie selber hatte das Stübchen daneben. Das Winterholz, welches aus lauter dünnen Stäben bestand, die sich die Frau im Walde gesammelt hatte, war um das Häuschen aufgeschlichtet, so daß nur die Fenster durch kleine Oeffnungen heraus schauten, und das Dach auf dem Holze aufzuliegen schien. Wenn sehr schönes Wetter herrschte, ging sie gerne mit ihrer Ziege an den Zäunen gegen den Kramwiesbach hinaus, und ließ sie die verschiedenen Blätter von den Gesträuchen des Zaunes fressen, oder sie war häufig auf dem Kreuzberge, wo sie zwischen den Steinen und den Wachholdergesträuchen die schlechten Blätter ausraufte, oder die blauen Beeren in ihre Schürze sammelte. Manchmal kniete sie auch an dem rothen Kreuze und betete, oder sie saß auf den flachen Steinen vor demselben, und die Ziege stand vor ihr.

Diese Frau hatte ein Kind. Das Kind war ein Mädchen, und war so außerordentlich schön, daß man sich kaum etwas Schöneres auf Erden zu denken vermag. Aber wenige Menschen bekamen das Kind zu sehen; denn es war immer in dem Stübchen, und wenn die Frau auf längere Zeit fortging, sperrte sie dasselbe ein. Sie nährte es von der Milch der Ziege, von dem Mehle, das ihr der Schwarzmüller oder andere gaben, und von manchem Haupte Kohl oder Gemüse, das ihr die Leute auf Rainen oder auf Aekern auszusezen erlaubten.

Als das Kind größer geworden war, erschien es wohl auch bei den Spielen der Kinder auf dem Plaze zu Pichlern, allein es stand nur immer da, und sah zu, entweder weil es nicht mitspielen durfte, oder weil es nicht mitspielen wollte. Gegen Abend ging es allein unter den Föhrenstämmen herum, oder es ging in das weiße Häuschen zurück.

In Oberplan herrscht der Glaube, daß dasjenige, um was man die schmerzhafte Mutter Gottes zum guten Wasser am ersten Beichttage inbrünstig und aufrichtig bittet, in Erfüllung gehen werde. Der erste Beichttag der Kinder ist aber immer vor Ostern, dem wichtigsten Feste des ganzen Jahres. So wichtig ist das Fest, daß die Sonne an demselben nicht wie an jedem anderen Tage langsam aufgeht, sondern in drei freudenreichen Sprüngen über die Berge empor hüpft. An diesem Feste bekommen die Leute schöne Kleider, die frischen Fahnen und Kirchenbehänge werden ausgelegt, und die Natur feiert die Ankunft des Frühlings. Damit nun auch die Kinder so rein seien, wie die Kleider, die Kirchenfahnen und der Frühling, müssen diejenigen, welche zum ersten Male zur Beichte gehen, dieses vor dem Ostersonntage thun. Viele Wochen vorher werden sie schon unterrichtet, und die Vorbereiteten ausgelesen. Wenn der Tag angebrochen ist, werden die Erwählten gewaschen, schön angezogen, und von ihren Eltern zur Thür des Pfarrhofes geführt. Wenn der Pfarrer öffnet, dürfen die Kinder eintreten, und die Eltern gehen wieder nach Hause. In dem Innern des Pfarrhofes werden sie geordnet, und da stehen sie mäuschenstille, und jedes hat einen Zettel in der Hand, auf welchem Name und Alter steht. Wenn an einem die heilige Handlung vorüber ist, geht es zerknirscht und demüthig in den Hintergrund. Wenn Alle fertig sind, wird gebetet, es wird eine Anrede gehalten, und dann dürfen sie zu ihren Eltern nach Hause zurükkehren. Zum Tische des Herrn dürfen sie nach der ersten Beichte noch nicht gehen, weil dazu eine sehr große Würdigkeit gehört, die sie nur den Eltern und erwachsenen Leuten zuschreiben. Nach dem Essen gehen sie, wenn es schön ist, auf den Kreuzberg. Wie sie bei der Beichte allein waren, so dürfen nun auch schon andere Menschen mitgehen, meistens Eltern und Verwandte. Besonders gesellen sich gerne alte Mütterlein hinzu, die ebenfalls gepuzt neben den Kindern gehen, sie zur Andacht ermahnen und ihnen heilige Geschichten erzählen. Man betet in dem Kirchlein, man geht auf dem Berge herum, und gegen Abend begeben sie sich wieder nach Hause. So kann dieser Tag, der der merkwürdigste ihres Lebens ist, nach und nach ausklingen, und es können sich wieder die andern gewöhnlichen anschließen.

Einen solchen ersten Beichttag hatte auch Hanna, das Kind des Weibes in dem weißen Häuschen. Das Mädchen war vorbereitet und würdig befunden worden. Am Morgen führte es die Mutter auf dem ebenen Wege, der von Pichlern nach Oberplan geht, hinüber. Viele andere Menschen hatten ihre Kinder auch dahin geführt. Unter der dichten gepuzten Schaar, die sich vor dem Pfarrhause versammelt hatte, stand nun auch Hanna, und aus dem groben Kleide sah das feine Angesichtchen und die blauen Aederchen heraus. Allen Mädchen waren ihre Haare von den Eltern straff zurük gekämmt worden, und es war Puder auf dieselben gestreut, damit sie schön wären, und in der festlich weißen Farbe da stünden. Nur Hanna's Haare waren dunkel geblieben, weil ihre Mutter keinen Puder zu kaufen vermochte. An die Hüften des Unterkleides hatte sie ihr zwei kleine feste längliche Puffchen angenäht, daß das darüber angelegte Rökchen doch ein wenig wegstehe, und einen Reifrok mache, wie er von den andern so schön wegragte, gleichsam ein faltenreiches sanft hinab gebogenes Rädchen. Als die Kinder in den Pfarrhof hinein gegangen waren, begab sich die Mutter wieder nach Pichlern zurük. Da die Beichte aus war, ging Hanna auf dem ebenen Feldwege nach Hause. Nach dem Essen ging sie abermals nach Oberplan, und ging mit einer Schaar von Mädchen, bei denen auch keine Eltern waren, auf den Berg. Die Kinder gingen zuerst in das Kirchlein zum Gebete, wo sie in den sonnenhellen Bänken kaum mit den Häuptern hervorragten. Dann gingen sie auf den höheren Theil des Berges empor und suchten Veilchen; denn der Berg war bekannt, daß auf ihm die ersten dieser Blümchen wachsen, weil sie in dem kurzen Grase unter dem schüzenden Geflechte des Wachholders einen sichern Stand haben, und die mittägliche Sonne auf dem Abhange des Berges leicht auf sie scheinen kann. Dann suchten sie auch Steinchen und andere Dinge, und kamen bis zu dem rothen Kreuze empor. Von dem Kreuze gingen sie zu den Brunnenhäuschen hinab. Sie schöpften sich Wasser, und benezten sich die Lippen, die Stirne und die Augenlieder. Als der Abend erschienen war, gingen manche, bei denen sich ihre Eltern befanden, nach Hause; andere aber, die allein waren, blieben noch; denn die Kinder haben keine Rechnung der Zeit und geben sich dem Augenblike unbedingt hin. Einige Mädchen, worunter auch Hanna war, gingen gar gegen die Felsen der Milchbäuerin zu, und sezten sich dort auf die Steine. Es hatte den ganzen Tag die Sonne auf die Felsen geschienen, daß sich die Wärme in ihnen ansammeln und länger nachhalten konnte, als an irgend einer andern Stelle des Berges. Die Pflänzchen schauten aus den bebauten Pflanzbeeten am Fuße der Felsen schon heraus, über der Gegend war ein leichter grüner Hauch, und die Kinder erkannten recht gut diese Verheißung. Sie blieben sizen, manches der Mädchen nahm die Hand seiner Nachbarin, legte sie an den Stein und sagte: »Siehe nur, wie warm er ist.«

Als die Sonne schon hinter dem Rande des Waldes hinab gegangen war, fragte eines der Mädchen ein anderes: »Um was hast du denn heute die heilige Jungfrau gebeten, Elisabeth?«

»Ich habe sie um ein langes Leben und um eine gute Aufführung gebeten,« antwortete die Gefragte.

»Und um was hast denn du gebeten, Veronika?«

»Ich habe auch um einen guten Lebenswandel gebeten,« sagte diese.

»Und du, Agnes?«

»Ich habe um gar nichts gebeten.«

»Und du, Cäcilia?«

»Ich auch nicht, mir ist nichts eingefallen.«

»Und du, Hanna?«

»Ich werde etwas sehr Schönes und sehr Ausgezeichnetes bekommen,« sagte diese, »denn als ich zu der heiligen Jungfrau recht inbrünstig betete, und das feste seidene Kleid sah, das sie anhat, und die goldenen Flimmer, die an feinen Fäden am Saume des Kleides hängen, und die grünen Stängel, die darauf gewebt sind, und die silbernen Blumen, die an den grünen Stängeln sind, und da ich den großen Blumenstrauß von Silber und Seide sah, den die Jungfrau in der Hand hat, und von dem die breiten weißen Bänder nieder gehen: da erblickte ich, wie sie mich ansah, und auf die goldenen Flimmer, auf die Blätter, auf die Stängel und auf die Bänder nieder wies.«

»Geh', du bist nicht recht vernünftig,« sagte eines der Mädchen.

»Ich bin doch vernünftig, und werde die Sachen bekommen,« antwortete Hanna.

Die Kinder fing es an zu schauern, und da die Dämmerung auch schon sehr stark herein zu brechen begann, gingen sie allmählich nach Hause. Einige gingen um die Wölbung des Berges herum nach Oberplan; aber Hanna ging über den Berg nach Pichlern. Sie ging an den grauen kaum mehr recht sichtbaren Steinen vorbei, an den schwarzen Wachholderstauden, an den dunkeln Föhrenstämmen, und kam in das weiße Häuschen, als auf der Leuchte schon das helle Feuer brannte, und ihr ihre Mutter daran eine Suppe kochte.

Von dieser Zeit an wuchs Hanna heran, und entwikelte sich immer mehr und mehr.

Sie ging noch in die Schule, sie ging immer allein, und wenn sie zum Lesen aufgerufen wurde, stand sie sittsam auf und erhob die Stimme.

Sie hatte immer ein weißes leinenes Tüchlein um den Busen, auf welches ihre dunklen Augen hinab schauten, und ihre noch dunkleren Wimpern hinab zielten. Um das Haupt hatte sie ein färbiges Tuch gebunden, das nach der Sitte der Gegend im Naken in einen Knopf gewunden war und die breiten Zipfel auf den Rüken hinab gehen ließ. Als Röklein hatte sie dasjenige an, das sie bisher immer angehabt hatte.

Als sie erwachsen und so groß war, wie die andern Mädchen von Pichlern, die man für erwachsen erklärte, ging sie nicht mehr in die Schule, und war meistens in dem weißen Häuschen ihrer Mutter. Man wußte nicht, ob sie dort etwas arbeitete, oder was sie sonst that. Wenn sie aber doch mit den Leuten des Müllers auf die Wiese Heu zu rechen, oder sonst irgend wohin ging, war sie nicht, wie die Andern, sondern wie eine, die am Sonntage aus der Kirche geht. Sie gab sehr Acht, daß sie sich nicht beschmuze, und wich mit ihren Füßen den rauhen Stellen und der Nässe aus. Seit sie erwachsen war, ging sie auch nicht mehr barfuß, sondern hatte immer Strümpfe und Schuhe an, die besser waren, als die Andern an Feiertagen hatten.

Obwohl sie sehr wenig gesehen wurde, so ward die zarte Schönheit ihrer Wangen und der Glanz ihrer Augen doch weit und breit bekannt, und mancher Wandersmann, den man durch die Föhren gehen sah, ging ihretwegen, und manches Lied, das Nachts in der Gegend erschallte, wurde ihretwegen gesungen. Selbst Söhne reicher Bauern waren darunter, und wenn auch ihre Eltern dachten, das arme Mädchen könne keine Schwiegertochter abgeben, so meinten die Söhne, daß sie eine sehr gute Schwiegertochter wäre, und hielten es für ein Glük, wenn sie nur einmal mit ihr an dem Holzstoße vor dem Häuschen oder unter den grauen Wachholderstauden des Berges reden, und von ihr zärtliche Worte und freundliche Blike erhalten könnten.

Aber das Glük wurde keinem zu Theil, außer einem einzigen. Er war nicht der Schönste unter Allen, ja er war vielleicht weniger schön, als alle Andern, er war ein schlanker Mann mit blizenden Augen und ungemeiner Kraft in seinem Körper, und die Leute sagten, Hanna fürchte und liebe ihn. Er war ein Holzknecht in den oberen Wäldern, der lange Hanns geheißen, aber er war sehr ehrbegierig und stolz, arbeitete tüchtig, trug Sonntags schöne Kleider, klimperte mit dem Gelde in der Tasche, und litt keinen Schimpf und Hohn, wie gering er auch war, sondern nahm den Schimpfenden an dem Kragen des Hemdes oder an der Schulter, und warf ihn in das Gras, oder in den Sand, oder in eine Rinne, wie es kam. Dieser Hanns ging oft in das weiße Häuschen zu Hanna, er brachte ihr Alles, was er erarbeiten konnte, daß sie nichts entbehre und ihren Leib schmüken könne. Die Leute behaupteten, sie sei auch dankbar, indem sie sagten, daß sie gesehen hätten, wie sie neben den grauen Steinen und grauen Sträuchen ihre Arme um ihn geschlungen, und mit ihren Lippen ihn geküßt hätte.

So war es auch, Hanns hatte selber kein Hehl darüber, er ging immer zu Hanna, und alle Menschen wußten, daß sie Liebende und Geliebte seien.

2. Der bunte Schlag

Wenn man gegen das Oberplaner Thal hingeht, und sein Angesicht gegen Westen wendet, so sieht man in dem fernen Blau der Wälder, die man da vor sich hat, allerlei seltsame Streifen hinziehen, die meistens röthlich matt leuchtend und dämmerig sind. Sie sind Holzschläge, und die großen Wälder, von denen man den oberen Wald rechts hat, die Seewand gerade vor sich, und die Alm links, enthalten viele derselben. Eigene Menschen werden das ganze Jahr hindurch beschäftigt, und das Geschäft eines Holzhauers ist nicht freudenlos, und nicht entblößt von dichterischen Reizen, und wenn ein Mann ein reicheres und weicheres Herz hat, so hängt er mit einer gewissen Schwermuth an seinem Thun und an den Schaupläzen desselben. Wenn man von Pichlern durch die Felder westwärts geht, und das Dorf Pernek hinter sich hat, so beginnen schon die Wälder. Es steht hinter Pernek der Hausberg, der mit all' den folgenden Wäldern zusammen hängt. Aber auf ihm stehen zarte Birken und andere gesellige Gruppen von Bäumen auf Rasenpläzen, die man einst gereutet hat, damit die Rinder dort weiden können. Weiter aufwärts sind die Wälder schon dichter, und in dem Innern ihrer großen Ausbreitungen hegen sie die Holzschläge. Wenn man den Rand eines solchen Streifens betritt, wie wir sie oben genannt haben, so ist er in der Nähe größer und ausgedehnter, als man sich in der Ferne gedacht hätte, und die Menschen sind auf ihm beschäftigt. Es liegen wie Halmen gemähten Getreides die unzähligen Tannenstämme verwirrt herum, und man ist beschäftigt, sie theils mit der Säge, die langsam hin und her geht, in Blöke zu trennen, theils von den Aesten, die noch an ihnen sind, zu reinigen. Diese Aeste, welche sonst so schön und immer grün sind, haben ihre Farbe verloren und das brennende Ansehen eines Fuchsfelles gewonnen, daher sie in der Holzsprache auch Füchse heißen. Diese Füchse werden gewöhnlich auf Haufen geworfen, und die Haufen angezündet, daher sieht man in dem Holzschlage hie und da zwischen den Stämmen brennende Feuer. An anderen Stellen werden Keile auf die abgeschnittenen Blöke gestellt, auf die Keile fällt der Schlägel, und die Blöke werden so getrennt und zerfallen in Scheite. Wieder an andern Stellen ist eine Gruppe beschäftigt, das Wirrsal der Scheite in Stöße zu schichten, die nach einem Ausmaße aufge stellt sind, und in denen das Holz troknet. Diese Stöße stehen oft in langen Reihen und Ordnungen dahin, daß sie von Ferne aussehen, wie Bänke von röthlich und weiß blinkenden Felsen, die durch die Waldhöhen hinziehen. An einer Stelle des Holzschlages ist die Hütte der Arbeiter, das ist, ein von der Erde aufsteigendes Dach, das vorne mit Stämmen gestüzt und seitwärts mit Zweigen und Reisig gepolstert ist. Sein Raum enthält das Heulager der Arbeiter, die Truhen mit ihren Kleidungsstüken, manche Geräthe und Geschirre und allerlei Anderes, was ihnen in diesem Waldleben nöthig oder nüzlich ist. Vor der Hütte brennt das Feuer, an dem sich das Mittag- oder Abendmahl bereitet. Es ist nicht viele Sorge auf Genauigkeit und Holzersparung verwendet, indem um die kochenden Töpfe gleich ganze Stämme herum liegen, die da verkohlen. Von solchen verkohlenden Stämmen rührt der schöne blaue Rauch her, den man oft tagelang aus den fernen Wäldern aufsteigen sieht. Von den Füchsen, die man in den Holzschlägen verbrennt, kömmt wenig oder gar kein Rauch; denn Anfangs brennen sie mit einem glänzenden rauchlosen Feuer, dann, wenn die Nadeln und das Reisig verbrasselt haben, und sich die dikeren Aeste in der Glut krümmen, erscheint wohl etwas Rauch, aber er ist zu machtlos, kräuselt sich dünne durch die Zweige der noch stehenden Bäume, und verliert sich am Himmel. So sieht ein Holzschlag aus, auf ihm ist Leben, Regung und scheinbare Verwirrung, an seinem Rande, wo er aufhört, ist es stille, und dort steht wieder, wie es erscheint, der feste, dichte, unerschöpfliche, ergiebige Wald.

Wenn eine Fläche des Waldes abgeschlagen ist, wenn die Scheite geordnet, getroknet, weggeführt sind, wenn die Reisige verbrannt wurden, wenn man keine Hütte der Holzhauer mehr sieht, und die Arbeiter fortgegangen sind, dann ist der erste Theil des Lebens eines Holzschlages aus, und es beginnt nun ein ganz anderer, stillerer, einfacherer, aber inniger. Wenn die Halde leer dasteht, wenn sie nur mehr manchen schlechten stehengelassenen Baum wie eine Ruthe gekrümmt trägt, wenn die blosgelegten Kräuter und Gesträuche des Waldes zerrüttet und welkend herum hängen, wenn mancher nicht ganz verbrannte Reisighaufen im Verwittern begriffen, und ein anderer in den Boden getreten und verkohlt ist: dann steht die einsame verlassene Bevölkerung von Strünken dahin, und es schaut der blaue Himmel und schauen die Wolken auf das offene Erdreich herein, das sie so viele Jahre nicht zu sehen bekommen haben. – Das erste, was nach langen Zeiten herbei kömmt, um die umgewandelte Stätte zu besezen, ist die kleine Erdbeere mit den kurzen zurück geschobenen Blättern. Sie sproßt zuerst auf der schwarzen Erde einzeln hervor, siedelt sich dann um Steine und liegen gebliebene Blöke an, überranket fleißig den Boden, bis nichts mehr zu sehen ist, und erfreut sich so sehr der Verlassenheit und der Hize um die alten sich abschälenden Stöke herum, daß es oft nicht anders ist, als wäre über ganze Fleke ein brennendes scharlachrothes Tuch ausgebreitet worden. Wenn es so ist, dann sammelt sich allgemach unter ihren Blättern die Nässe, und es erscheint auch schon die größere langstielige Erdbeere mit den gestrekten Blättern und den schlanken Früchten. Es beeilt sich die Himbeere, die Einbeere kömmt, manche seltsame fremdäugige Blume, Gräser, Gestrippe und breite Blätter von Kräutern; dann die Eidechse, die Käfer, Falter und summende Fliegen; mancher Schaft schießt empor mit den jungen feuchtgrünen Blättern; es wird ein neuer, rauher hochruthiger Anflug, der unter sich einen nassen sumpfigen Boden hat, und endlich nach Jahren ist wieder die Pracht des Waldes.

Dies ist der zweite Theil des Lebens eines Holzschlages.

Wenn es nicht so schön ist, wenn kein Wald mehr entstehen soll, dann werden die Waldgäste mit Absicht hintan gehalten, es wird gereutet, und lieber statt all' des Anfluges der Geselle des Menschen, das Wiesengras, heran gelokt, daß Mähepläze entstehen oder Weidepläze für das Vieh werden, wie man es mit dem Hausberge hinter Pernek gethan hat, der auch einmal eine schöne Wildniß war, und es jezt nicht mehr ist.

Wenn der Holzhauer auch schon die Stätte seines Wirkens verlassen hat, so liebt er sie doch noch immer, und wenn er nach langen Jahren durch den neuen Anwuchs geht, durch die Himbeergesträuche, durch die Gezweige, die Axt auf der Schulter oder die breite Säge über den Rüken gebunden, so wandelt er in seinem Reiche, er gedenkt der Tage, wo er hier gewirkt hat, und wenn er auch nun in andern frischen Wäldern beschäftigt ist, so gehört doch auch ein Theil seines Herzens der Stelle, auf der einst seine Hütte gestanden war.

Der lange Hanns arbeitete in dem Schlage des Thußwaldes. Der Thußwald aber liegt so weit in der Tiefe der Bergrüken zurük, daß die Holzarbeiter die ganze Woche dort beschäftigt sein mußten, und nur an Sonntägen den weiten Weg zu den Menschen und in die Kirche hinaus machen konnten. Hanns war wie ein König in seinem bunten, einsamen, entfernten Schlage. Theils gehorchten manche ihm freiwillig, weil er ein guter Anordner war, theils scheuten sich manche, weil er große Körperkräfte besaß, und theils ehrten ihn Viele, weil er ein vorzüglicher Arbeiter war. Da stand er nun entweder an einem Stamme, zirkelte die Stelle, wo er angesägt werden solle, daß er wanke, weiche, und sausend und krachend in das andere Gehölze nieder stürze – oder er war um den gefallenen Baum beschäftigt, im Gestrippe und Geniste stehend, daß die Aeste und Zweige weg kämen, und der Stamm frei zur Arbeit würde – oder er half schon ihn in Stüke zu zertheilen, und da rollte seine Säge frisch und tüchtig hin und her – oder sein Arm schwang den Schlägel, daß er klingend auf den Keil fiel – oder er stand hoch auf einem Stoße, die dargereichten Scheite schnell legend, daß ihm zwei Handreicher nicht folgen konnten, und daß es unter ihm zusehends wuchs. Er war gewöhnlich zur Arbeit gehörig gekleidet. An seinem Oberleibe hatte er schier kein Gewand; denn das grobe Hemd war zurük geschlagen, und an den Armen weit über den Ellbogen aufgestellt; um die Lenden war das linnene Kleid, an den Füßen hatte er die starken jedem Dorne und Splitter trozenden Bundschuhe an, und auf dem Haupte war gewöhnlich nichts, als das röthliche leuchtende Haar.

So ging die Woche dahin, und so vollendete die Sonne fünfmal ihren Kreislauf um den Himmel, und beschien fünfmal die seltsamen verschiedenartigen Dinge des Holzschlages.

Wenn es am Samstage Mittag wurde, da hörte das Wochenwerk auf, und es wurden Anstalten zum Fortgehen getroffen. Ruhe herrschte auf dem Plaze, alle Werkzeuge, Kleiderstüke, Töpfe und dergleichen wurden zusammen gelesen, die Arbeiter trafen bei der Hütte ein, dort wurde einiges zusammengeschnürt, daß man es mitnehme, Anderes wurde geborgen, daß es da bleibe, schönere Kleider wurden aus den Truhen hervor gesucht, es wurden Angesichter gewaschen, Manches wurde noch genestelt, und einige und andere schlugen den Weg ein, der sie eben ihrer Heimath zuführte. Mancher ganz Faule blieb auch da und verschlief den Sonntag vor der Hütte in der lautlosen Stille des Holzschlages, von nichts besucht, als von dem raschelnden Grase und von der stummen Hize des Tages.

Der größere Theil der Arbeiter ging gegen Pernek und Pichlern hinaus. Sie mußten Anfangs durch den Thußwald, dann über die Thußeke, dann über einen Berg, die rauhe Hochstraß geheißen, dann durch Auen, und dann führte der Weg in das Thal, durch das man gegen Pernek kommen konnte. Man plauderte gerne auf diesem Gange, man klapperte mit den eisernen Keilen, man jauchzte oder sang, man schlug sich Feuer und rauchte. Vom Holzschlage weg gingen Alle miteinander, die diese Richtung hatten, aber je weiter der Weg führte, desto wenigere wurden sie immer; denn bald nahm der Eine Abschied und ging seitwärts, bald der Andere, so wie ihr Weg in ihre Heimath von dem allgemein eingeschlagenen Wege abführte, und nicht selten geschah es, daß, wenn die untergehende Sonne glutig am Rande der Seewand lag, und jeder emporragende Zaunpfahl, ja eine herausstehende Aehre einen langen Schattenstreifen über das Getreide warf, Hanns allein durch die Perneker Felder ging, und den Weg hinab gegen Pichlern einschlug. Er ging auf dem Fahrwege hinab, er bog um die große Linde des Schwarzmüllers, zielte gegen die ferneren dünnen Föhrenstämme, und schritt auf das weiße Häuschen zu.

Wenn er dort anlangte, war meistens die Mutter, wie sie es am Abende gewohnt war, Außen herum. Sie schlichtete etwas an dem

Holze, oder that sonst etwas, oder betete, indem sie herum ging, und häufig zur Ziege redete, die sie nicht eher in den Stall that, als bis sie selber in die Stube ging. Im Innern saß Hanna in einem reinen schimmernden Gewande. Sie hatte vorher jedes Stäubchen von dem Tische, der Bank, dem Stuhle und dem Fußboden gefegt; denn auch das gehörte mit zu ihren Eigenthümlichkeiten, daß sie außerordentlich reinlich war. Sie wollte nicht mit der Hand und nicht mit dem Gewande an Staub rühren.

»Die wird Gott strafen, daß sie so stolz ist,« sagten oft die Leute, »und ihn dazu, daß er so verblendet ist, und ihr Alles anhängt. «

Hanns ging hinein, Hanna sprang auf und grüßte ihn. Er blieb bis spät Abends, sie plauderten, koseten, aßen; die Mutter war bei ihnen, sprach mit, aß, oder nikte schlummernd ein wenig mit dem Kopfe, wie es eben kam.

Erst im Sternenscheine ging Hanns fort, und begab sich zu den Leuten, wo seine Schwester war, und wo er eine Lagerstätte hatte; denn sein Vater und seine Mutter waren längstens gestorben.

Daß Hanns aber an Hanna etwas verwendete, schien ihm gar nicht leid zu thun. Wenn er mit ihr bei einem Tanze oder bei sonst einer Gelegenheit war, wo sie Viele sehen konnten, und wenn nun der eine oder andere junge Mann mit seinen Augen schier nicht von ihr lassen konnte, und stundenlang sie mit denselben gleichsam verschlang, so hatte Hanns seine außerordentliche Freude darüber und triumphirte. Wenn sie spät mit einander nach Hause gingen, wo die einsame Wachholderstaude stand, oder der graue verschwiegene Stein des Brunnberges lag, da schlang sie ihren Arm um seinen Naken, drükte ihn heiß an sich, sah ihn an und flüsterte gute Worte. Daß da eine außerordentliche unheimliche Seligkeit in ihm war, bewies der Umstand, daß er ihr von seinen Habseligkeiten Alles, Alles gab.

Am andern Tage, wenn er so einen Feiertag bei ihr zugebracht hatte, sah man ihn dann wieder in frischen Linnenkleidern, die Axt oder die Keile auf der Schulter tragend, durch die Felder schreiten und seinem Walde zueilen.

Einmal fragte ihn Hanna, um was er denn am ersten Beichttage die heilige Jungfrau Maria gebeten habe.

»Ich habe um nichts gebeten,« antwortete er, »du weißt ja, daß ich nicht oft zu ihr in ihr Kirchlein hinauf komme, weil ich nicht Zeit habe; aber von ferne und von dem Walde aus, wo er eine Lüke hat, sehe ich das weiße Kirchlein sehr gerne, weil von ihm nach abwärts die Wachholderstauden anfangen, dann die Föhren der Pichlerner Weide stehen, und noch weiter unten das Häuschen ist, in dem du bist.«

»Du solltest aber doch gebeten haben,« sagte Hanna; »denn sie ist sehr wunderthätig und stark, und was man am ersten Beichttage mit Inbrunst und Andacht verlangt, das muß in Erfüllung gehen, es geschehe auch, was da wolle.«

»Das habe ich ja gar nicht gewußt,« sagte Hanns, »es hat es mir damals Niemand gesagt, und wenn ich es auch gewußt hätte, so hätte ich sie doch gewiß um nichts gebeten, weil mir nichts gefehlt hat. – Meinst du denn im Ernste, daß sie etwas thun kann, um was man sie recht bittet?«

»Freilich kann sie es thun,« antwortete Hanna, »weil sie sehr mächtig ist, und sie thut es auch, weil sie sehr gut ist.«

»Aber am ersten Beichttage muß man sie darum bitten?« fragte Hanns.

»Um was man sie am ersten Beichttage bittet,« sagte Hanna, »das thut sie immer und jedes Mal; aber auch an jedem andern Tage kann man sie bitten, und sie kann die Bitte gewähren, weil ihre Macht außerordentlich ist.«

»Aber das ist ja kaum denklich,« erwiederte Hanns, »weil sonst alle Leute daher kämen, und um die verwirrtesten und verkehrtesten Dinge bäten.«

»Wenn sie um verwirrte und verkehrte Dinge bitten,« sagte Hanna, »so läßt sie diese nicht in Erfüllung gehen; aber bitten muß man sie immer, weil man nicht wissen kann, welches Ding verwirrt oder verkehrt ist, und weil sie allein die Entscheidung hat, was in Erfüllung gehen solle und was nicht.«

Hanns antwortete nun nichts mehr darauf.

Die Liebe, die Zuneigung und die Anhänglichkeit wuchs immer mehr und mehr. Hanns that Alles, was ihm sein Herz einflößte. Er ehrte die Zeiten, wie es in jener Gegend gebräuchlich ist. Er sezte Hanna den schönsten Maibaum vor die Thüre, er wand das schönste Tuch um ihr Haupt und band die schönste Schürze um ihren Leib, er trug den größten Palmbaum am Palmsonntage für sie in die Kirche, er stekte sogar eine goldene Nadel in ihr Haar, er brachte ihr den schönsten Strauß von Walddingen aus seinem Schlage nach Hause, er führte sie an Sonntagen in die Kirche, und ging mit ihr, wenn schönes Wetter war, in den Feldern und Wiesen spazieren. Sogar zu Zeiten, wo es nicht schiklich war, daß er sich bei Hanna im

Häuschen befand, sahen ihn die Leute unter den Föhrenstämmen und Steinen in großen Kreisen um das Häuschen herum gehen.

3. Der grüne Wald

Im Herbste, da die Blätter sich mit schönen Farben zu mischen begannen, und Hannsens Schlag noch brennender, feuriger und seltsamer war, erhob sich die Sage, daß in der Gegend von Oberplan ein großes Jagen sein werde, daß der Fürst und Grundherr kommen werde, und daß ihn eine Menge Herren und Frauen begleiten würden. Die Diener hatten das Gerücht ausgebreitet, aber man wußte nicht, ob ihm die Herren eine Folge geben würden, oder nicht. So erhielt sich die Sage lange. Endlich aber erschienen wirklich einige Abgeordnete in Oberplan, welche die Voranstalten zu dem Feste machen sollten.

Von nun an hatte das Gerücht freien Spielraum, und es ging durch die ganze Gegend.

Im Stegwalde, hieß es, werde ein Nezjagen sein, in welchem man Gespinnste aus Seilen aufspannen und das Wild darinnen einfangen werde. Im oberen Walde, im Langwalde und an der Flaniz sollen Treibjagen sein, wie man seit Menschengedenken nicht gehört hätte, und sie sollten sich über tagelange Wälder ausbreiten. Außer dem Jagen sollen auch andere Feste angeord net sein. Auf den Oberplaner Wiesen, den nämlichen, von denen wir am Eingange unserer Geschichte gesagt haben, daß die Moldau in großen Schlangenwindungen durch sie geht, soll ein Essen sein, an dem mehrere hundert Personen würden Theil nehmen können. Wer nur wolle, dürfe zuschauen, und auf Schrägen würden Weinfässer aufgestellt sein, von denen Jedem, der mit einem Geschirr hinzu ginge, herab gelassen würde. Die Diener würden bei der Tafel aufwarten, und die angesehensten Männer der Gegend würden eingeladen sein. Außer dem Essen aber soll noch ein Tanzboden errichtet sein, auf welchem man durch unzählige Blumengewinde Tänze aufführen würde. Dieses und noch viel Anderes, das man noch gar nicht wisse, solle geschehen. In der Gegend sollen schon tausend Taglöhner zu Handlangern, Arbeitern und Treibern gedungen worden sein. Alles werde durch eine feierliche Messe in dem Gnadenkirchlein zum guten Wasser eingeleitet werden.

Auf was sich die Leute am meisten freuten, war das Nezjagen, das sich keiner vorstellen konnte, und von dem keiner eine Ahnung hatte. Nur der achtzigjährige Schmied in Vorderstift erinnerte sich, als ganz kleiner Knabe einem solchen Jagen beigewohnt zu haben. In der Dürrau waren Strikneze und Tücher, unabsehlich zu schauen, aufgespannt gewesen, zuerst weiter, dann enger, und dann durch einen Vorhang zu schließen, wodurch das Wild in einem Raume eingesperrt war, in dem es von dem Rande der Tücher herab erschossen werden konnte. Er unterließ nie, wenn er die Sache erzählte, eines Bären zu erwähnen, der mit den andern in's Nez getrieben worden war, und der bald zum allgemeinen Ergözen diente, indem Jeder so schnell als möglich sein Geschik an ihm versuchen wollte. Da nun die Hirsche oft himmelhohe Sprünge wagten, ob sie die Leinwand übersezen könnten, ohne daß es ihnen gelang, so fuhr der Bär, der bereits verwundet war, in seiner Verzweiflung gegen das Gewebe, pakte es mit seinen Tazen, und riß von dem furchtbar starken Geflechte eine ganze Streke heraus, so daß Tuch und Nez weg waren, und daß man von den draußen stehenden Bühnen die nakten Füße und das Gerüste sammt Verlattung sehen konnte. Der Bär und der ganze gehezte Schwarm, der noch übrig war, fuhr nun mit großem Getöse durch das Loch hinaus, und Alle, die zugegen waren, mußten in ein Gelächter ausbrechen.

Ein solches Fest erwartete nun Oberplan, und die Leute waren begierig, wann die Herren kommen würden. Aber sie kamen immer nicht, weil die Vorbereitungen noch dauerten. Es war noch der Haber auf den Feldern gestanden, es war das Sommerkorn noch nicht geschnitten gewesen, und hie und da lag selbst noch eine Gerste auf den Aekern, als die Bevollmächtigten angekommen waren: aber die Gerste wurde eingeführt, das Sommerkorn geschnitten, der Haber gemäht, Beides in die Scheunen gebracht, und man war noch immer nicht fertig, weil Alles vortrefflich werden sollte. Die Axt der Zimmerer erklang im Walde, Verzeichnisse von Treibern und Andern wurden angefertigt, Abmessungen wurden vorgenommen, die Forste, welche durchstrichen werden sollten, wurden begangen, und Versammlungen und Rathe sind gehalten worden.

Endlich, als auf den Feldern nur mehr das braungedörrte Kraut der Kartoffeln und die blaubethauten Häupter des Weißkohles standen, wurde der Tag bekannt gemacht, an welchem die Jagdgesellschaft eintreffen würde. Man rüstete sich zu dem Empfange, und Alles war gespannt.

Am Tage vorher trafen Diener, Pferde und Troß ein.

Als am andern Morgen die Sonne aufgegangen war, und ein recht heiterer funkelnder Herbsthimmel über der Gegend stand, war schon Alles in Bereitschaft. Um zehn Uhr, als auf dem Thurme das Zeichen gegeben wurde, daß sie kommen, sah man es auf der Straße von Honetschlag her durch den Staub von Pferden und Wagen blizen, und als eine Viertelstunde vergangen war, fuhren sie bei der oberen Gasse herein. Sie fuhren dann über das Steinbrükchen des heiligen Johannes, und hielten auf der Gasse vor dem Pfarrhofe und der Schule an, wo der Pfarrer, dann der Schulmeister mit weiß gekleideten Mädchen und gepuzten Buben und die Obrigkeiten standen. Es war eine ganze Reihe von Wägen. Männer und Frauen saßen darinnen. Die Frauen waren nicht geschmükt, sie waren kaum gepuzt. Sie hatten nicht einmal Reifröke an, sondern nur ein schlichtes einfach hinab fallendes Jägerkleid. An den Männern war auch nicht zu erkennen, ob sie in Feierkleidern seien oder nicht; sie hatten sämmtlich Mäntel um; denn es war kühl, und am Morgen war ein schneeweißer Reif über alle Wiesen gewesen. Sie hatten Alle ungepuderte Haare, weil sie nicht im Amte oder in einer festlichen Gesellschaft, sondern nur auf einer Reise begriffen waren. Nur zwei alte Männer hatten schön gelokte Perüken mit blüthenweißem Staube darauf. Im ersten Wagen saß der Grundherr, seine Frau und sein Sohn. Die Buben hatten ein klingendes Lebehoch gerufen, und die Forstmeister, Revierjäger, Heger und Holzmeister des Herrn standen in Ordnung da. Die Mädchen warfen grüne Zweige unter die Räder des Wagens. Der Pfarrer trat hervor, und grüßte den Herrn in einer Rede. Deßgleichen thaten die Richter und Geschwornen. Als der Herr Allen gedankt hatte, als er mit dem Förster von Vorderstift, in dessen Reviere der erste Jagdplaz lag, gesprochen hatte, als er sich besonders freundlich gegen den Schulmeister und die weißen Mädchen verneigt hatte, und der gelüftete Hut wieder auf seinem Haupte saß: fuhren sie weiter. Man fuhr zu dem Rathhause, in welchem dem Grundherrn für die Dauer der Feste seine Wohnung war zubereitet worden. Er stieg aus, und ging mit den Seinigen in seine Zimmer. Alle Mitgekommenen stiegen ebenfalls aus ihren Wägen, um sich in ihre bereit gehaltenen Wohnungen zu verfügen, und sich zu den Festen vorzubereiten. Für die Diener und Pferde waren an einer Straße, die der Minnegraben hieß, und auf der Weide des oberen Anspaches bretterne Hütten aufgeschlagen worden, aus denen am ganzen Tage und einen Theil der Nacht hindurch Zechen und Jubeln vernommen wurde.

Der Tag verging ohne besonderes Ereigniß, außer daß die Oberplaner in Angst und Besorgniß waren, dem Küchen- und Kellermeister alles Erforderliche auszuliefern, und es den hohen Herrschaften recht zu Danke zu machen.

Am nächsten Tage war blos die Jagdmesse. Das Kirchlein zum guten Wasser war mit Menschen angefüllt. In den Stühlen, zu denen man noch vorne mehrere mit Tuch ausgeschlagene gefügt hatte, saßen die Herren und Frauen. Weiter rükwärts befanden sich die Bewohner der Gegend und Alle, die von Ferne herbei gekommen waren. Sie sangen zu den Tönen der Orgel das schöne Marienlied, das man einst eigens für diese Kirche gedichtet hatte, und das sie Alle kannten. Am Nachmittage begaben sich die Herren nach Vorderstift, um im Jägerhause zu übernachten, und dem Jagdschauplaze näher zu sein.

Am Tage, der nun folgte, sollte das große Nezjagen sein.

Die Bewohner der Gegend waren äußerst begierig darauf.

Schon vor Anbruch des Taglichtes gingen die Gruppen auf verschiedenen Wegen und in gedämpften Gesprächen dem Stegwalde zu. Sie ergözten sich schon in Vorhinein an den Dingen, die kommen sollten. Das Wild, hieß es, sei schon alles in dem Nezraume eingeschlossen. Es sollen Hirsche dabei sein, Hasen, Rehe, auch Dachse, Füchse, Marder und vieles dergleichen, ein Luchs soll zugegen sein und manches seltene Thier. Ob ein Bär eingegangen sei, wisse man nicht genau, aber gewiß sei auch einer darunter. Die ganze Sache sei sehr künstlich. Der Jagdraum, in welchem sich Gesträuche, hohe Bäume, Steine und selbst Klüfte befinden, sei in einem großen Kreise von den stärksten Striknezen umfangen, die in eisernen Ringen an gehauenen Bäumen befestiget wären. Innerhalb der Neze seien Tücher gespannt, daß Alles hübscher aussähe. Außerhalb derselben befänden sich die Schießstände der Herren, und gleich hinter denen seien die Bühnen für die Zuschauer; denn die Herren hätten es selber gerne, wenn viele Zuschauer kämen und ihre Kunst bewunderten. Um die Thiere in den Raum zu bringen, seien Wege angelegt worden, nämlich Räume, an welchen zu beiden Seiten Neze empor gespannt wären; diese Räume wären zuerst sehr weit, würden immer enger und mündeten endlich mit einer Oeffnung in den Jagdraum. Da, wo diese Oeffnung sei, befinde sich eine Nezthür, die man sehr schnell von dem Boden empor ziehen und befestigen könne, damit das Wild, wenn es einmal in den Kreis eingegangen sei, nicht mehr hinaus zu kommen vermöge. Durch zehn Tage habe man schon das Wild gegen den Stegwald zusammen treiben lassen. Es seien Jäger, Heger und Treiber verwendet worden, und hätten auf der einen Seite gar bei dem Schlosse Sanct Thomas und dem Jungwalde angefangen, den Forst zu durchstreifen, und auf der andern vom Almwalde und dem Hochficht, um die Thiere gegen den Stegwald zu drängen. Damit die Herren zu ihren Schießstätten könnten, sei von der Glökelberger Straße aus ein Weg mitten durch den grünen Wald angelegt worden, auf dem man gehen, reiten und fahren könne.

So erzählten sich die Leute und gingen fort. Sie fanden den Weg, der in den Wald hinein gemacht worden war, und gelangten zu dem Jagdraume.

Lange bevor der Tag angebrochen war, waren schon alle Zuschauerräume dicht mit Menschen besezt.

Nach Aufgang der Sonne kamen auch die Herren, und stiegen zu ihren Bühnen empor. Jeder hatte einen geräumigen Plaz, auf dem ein Gestelle angebracht war, an welchem die glänzenden Jagdbüchsen lehnten. Jeder hatte auch zwei Diener hinter sich, die beständig laden und die Gewehre darreichen sollten. Heute waren die Herren alle in vollem Puze und hatten die Mäntel in den Wägen, in denen sie gegen den Wald gekommen waren, liegen gelassen. An den Westen und Röken hatten sie goldene Borden, und Alle hatten kleine mit Gold ausgelegte Hirschfänger an den Schößen, sie trugen sämmtlich gepuderte Haare und darauf einen dreiekigen Hut. Die meisten waren in Tannengrün gekleidet, und nur einige hatten auch Kleidertheile von hochgelbem Lederstoffe. Wo nicht Borden waren, war häufig schöne Stikerei auf den Gewändern, und die Troddeln des auf die Weste herab gehenden Halstuches hatten goldene Fransen.

Von den Frauen und Mädchen, die zu den Herren gehörten, war keine einzige zugegen, nicht einmal die, die doch in Jägerkleidern nach Oberplan gekommen waren. Der Schulmeister von Oberplan sagte, die Frauen dürften wohl Jägerkleider anhaben, aber nicht jagen; die Sitte erlaube nicht einmal, daß die Frauen bei dem Tödten der Thiere zugegen seien, weil sie zu zart und zu fein sind, so daß sich nur das Schäferspiel für sie schike, daß ihnen die Herren nur Blumensträuße reichen, sie mit der Laute begleiten, oder beim Menuette führen dürfen.

Die Mädchen und Frauen der Gegend und des Landes hatten diese Gesinnungen nicht; denn es waren sehr viele zum Zuschauen herbei gekommen, und ihre Augen und Mienen verriethen fast die brennende Neugierde und das klopfende Herz. Sie waren sonntäglich gekleidet, trugen zum Theile Reifröke, zum Theile das kurze faltenreiche Rökchen und meistens auch Zwikelstrümpfe und Stökelschuhe. Manche Vornehmere hatte weißbestäubtes Haar.

Als alle Schüzen an ihrem Plaze standen, und als auch sonst Alles in Ordnung war, begann eine rauschende Waldmusik von Hörnern und andern klingenden Instrumenten; aber von dem Jagdraume herauf erschollen Schrektöne und plözliche Rufe der Angst; denn die Ohren des Waldes kannten nur die Laute des Donners und Sturmes, nicht den Schrekklang tönender Musik. Als dieses große Musikstük aus war, that ein einzelnes Jagdhorn helle auffordernde liebliche Rufe, und dies war das Zeichen, daß die Jagd beginne. Man ließ, da das Horn geendet hatte, die Hunde aus ihren Behältern gegen den Raum los, daß das Wild auffahre und gegen seine um- strikenden Wände ankämpfe. Plözlich wurde es nun in dem Nezraume lebendig, man sah das schlanke Waldwild durch die Gesträuche huschen, und hie und da legte sich eine Büchse an das weißbestäubte Haar. Man vernahm von einer Seite her einen Schuß, dann von einer andern her wieder einen, und da es Unten immer lebendiger wurde, und da die Thiere immer heftiger durcheinander fuhren, blizte und krachte es von allen Seiten. Ein Hirsch sezte über alle Gebüsche, sprang endlich gegen das Linnen so hoch auf, als wollte er eine Himmelsleiter überspringen, wurde im Sprunge ge- troffen, überstürzte sich und fiel hernieder. Eine wilde Kaze schoß jäh an einem Baume empor, um sich von ihm aus über die Neze hinaus zu werfen, aber sie wurde von einer Kugel auf ihrem Baume erreicht, schnellte in einem Bogen hoch über den Wipfel und fiel auf die Erde. So ereigneten sich auf verschiedenen Stellen verschiedene Dinge. Als es schon eine ganze Weile fast ununterbrochen geknallt, und der Raum sich mit Pulverdampf gefüllt hatte, als endlich die Schüsse immer seltener wurden, und nur mehr einzelne zu hören waren: so erschallte wieder die klingende Musik und ertönte wieder nach ihr das einzelne Jägerhorn, zum Zeichen, daß man nun aufhö- ren solle. Die Schüsse hörten auch auf, die Büchsen wurden in die Stände gestellt, und der weiße Rauch verzog sich durch die schön- gezakten grünen Wipfel der Tannen und durch die entfernteren Buchen. Man ließ nun an verschiedenen Stellen die Neze hernieder, und das Wild, das übrig geblieben war, weil es sich in die Gesträu- che oder gar in Klüfte gedukt hatte, konnte in den schüzenden Wald entrinnen, und den größten Angsttag seines Lebens verges- sen. Die Diener lokten die Hunde zu sich, um die verwundeten zu salben, und den hungrigen Nahrung zu geben. Hierauf erschienen mehrere Jäger, Heger und andere Leute, und suchten in dem Jagdraume herum, um das gefallene Wild zu finden und zusammen zu tragen. Auch manche Herren und andere Leute stiegen in den Jagdraum nieder, um sich das Wild zu betrachten und die Spuren der eben vergangenen Begebenheit zu sehen.

Die Schüzen und die Zuschauer mischten sich auf ihren Bühnen, und da das Vergnügen allgemein gewesen war, so redeten jezt auch Alle mit einander. Da wollte es der Zufall, daß Hanna, die Tochter des armen Weibes, die auch herbei gekommen war, dem Feste zuzuschauen, neben einen außerordentlich schönen jungen Mann von vornehmem Stande zu stehen kam. Dieser Mann war schon früher aufgefallen. Er war, der allgemeinen Sitte zuwider, der einzige, der keine weißbestäubten Haare trug, sondern seine eigenen Loken, die von wunderschönem Gelb waren, bis auf die Schultern und auf den Rokkragen niederfallen ließ. Er hatte sehr gut geschossen, hatte immer auf die unsichersten Punkte gezielt und immer getroffen. Er war so schön, daß er, wie die Landleute sagen, wie Milch und Blut aussah, seine Augen waren groß und sanft, und er war schier prächtiger gekleidet, als alle Andern.

Da Hanna so neben ihm stand, erblikte sie ein Mann aus dem Volke, der sich unten in dem Nezraume befand, zeigte mit dem Finger hinauf und rief: »Das ist das schönste Paar!«

Das Volk, welches ohnehin schon in eine höhere Stimmung gekommen war, welches an der Jagd den lebhaftesten Antheil genommen, mit den Fingern nach dieser und jener Stelle gezeigt und freudig gejubelt hatte, wenn sich etwas Merkwürdiges zugetragen hatte, war zu dem Ungewöhnlichsten aufgelegt. Kaum hatte es also die Worte des Mannes vernommen, so rief es gleichsam mit einer Stimme und laut: »Das ist das schönste Paar, das ist das schönste Paar!«

Der junge Mann wandte sich in seiner Verwirrung gegen Hanna und sah sie an. Da wurde sein Angesicht so scharlachroth, wie die Bänder, an denen er seinen Hirschfänger hängen hatte.

Hanna wandte sich ebenfalls nach dem Rufe gegen ihren Nachbar, und da sie den ausgezeichneten Mann gesehen hatte, wurde ihr Antliz gleichsam mit dem dunkelsten Blute übergossen. Sie sah ihn eine Weile mit offenen Augen an, dann drängte sie sich unter das

Volk und ging über die Treppe hinab. Ihr Benehmen war wie das einer Trunkenen.

Da das Hin- und Hergehen und Sprechen noch eine Zeit gedauert hatte, fing man an, sich zu entfernen. Die Diener sammelten die Gewehre auf den Schießständen und trugen sie fort. Die einzelnen Herren begaben sich gegen die Treppen, und suchten ihre Wägen zu gewinnen. Den jungen Mann umringten seine Freunde und wünschten ihm Glük. Von Hanna war nichts mehr zu sehen; sie ging bereits mit mehreren schön gepuzten Freundinnen, die sich zu ihr gesellt hatten, auf dem durch den Wald gehauenen Wege hinaus. Die jüngeren Schüzen hatten sich meistens Reitpferde kommen lassen. Diese wurden vorgeführt und in Ordnung gerichtet, daß man sie besteigen und in Gesellschaft davon reiten könnte.

Auch das Volk, dessen Erregung und Uebermuth durch den Ausruf über Hanna gleichsam den höchsten Gipfel erreicht hatte, begann sich zu entfernen. Aber es ging fast insgesammt, wie es gewöhnlich bei Vergnügungen unersättlich ist, gegen Vorderstift hinaus, um dem Mittagsessen der Herren zuzuschauen, von dem es hieß, daß es offen auf der grünen Weide würde abgehalten werden.

Bald war es auf dem Jagdraume leer. Der feinste Rauch hatte sich verzogen, und die Bäume standen in ihrem glänzenden Nadelgrün oder in der stillen Glut ihres rothen und gelben Laubes da. Nur die leeren Gerüste und die zerknikten Zweige gaben Zeugniß von der hier statt gehabten Versammlung.

Die Lezten, welche den Schauplaz verließen, waren diejenigen, denen die Obsorge über das gefallene Wild anvertraut war. Sie hatten Karren in den Nezplaz bringen lassen, hatten das Wild aufgeladen, und fuhren in Begleitung von Jägern, die die lechzenden Hunde an der Leine führten, durch die stille von dem Dufte der zerquetschten Kräuter geschwängerte Waldluft auf dem einsamen Wege hinaus, der vor ihnen von so vielen Pferden und Menschen betreten worden war.

Das Mittagsmahl hatte wirklich auf der Weide vor dem Jägerhause zu Vorderstift statt. Bei demselben waren auch die Frauen zugegen. Sie waren so eingetheilt, daß immer zwischen zwei Herren eine Frau oder ein Fräulein saß. Die angesehenen Männer der Gegend, welche als geladene Schüzen der Jagd beigewohnt hatten, waren auch zu dem Mahle geladen, und hatten ihre Frauen und Töchter bringen müssen. Die ganze Gesellschaft saß an zwei langen Tischen dahin. Ueber ihren Häuptern war ein roth und weiß gestreiftes Tuch gespannt. Zwischen den Pfeilern, welche das Tuch trugen, waren die Räume hie und da frei, hie und da aber mit feinem fast durchsichtigem Gewebe bespannt. Auf den Tafeln standen die Speisen, standen die feinen Gläser mit den Weinen, und standen in schönen Geschirren die wenigen Blumen der Gärten und Felder, die man in dieser Jahreszeit noch hatte auftreiben können. Rings herum waren auch noch allerlei andere Geräthe, namentlich Körbe, die die Herren von der Ferne mitgebracht hatten, und aus denen die Diener, welche aufwarteten und Speisen trugen, kostbare Gebäke und andere Dinge auspakten. Das Volk stand in großer Menge und dicht um das linnene Gebäude der Speisenden herum, und sah zu. Man hatte von den großen Fässern mit Wein, welche herbei gebracht worden waren und im Grase lagen, auch den Gebrauch gemacht, daß man die Flüssigkeit in große Krüge herabließ, und dem Volke, wenn es wollte, einen Willkommenstrunk gab. Es waren deßhalb eine Menge Gläser und Krüglein vorhanden. Auch war auf mehreren Tischen auf dem Raume der Weide Braten und anderes Speisengemische zur Bewirthung aufgestellt. Die Armen und auch Andere, welche sich nicht scheuten, gingen hinzu, ließen es sich schmeken und tranken von dem Weine. Die aber, welche das nicht thun wollten, begaben sich zu dem Schmied in Vorderstift, dessen Sohn zu dieser Gelegenheit große Vorräthe von Bier, Wein und Speisen auf seine Wiese hatte bringen lassen, hielten dort gegen Bezahlung ihr Mittagmahl, und begaben sich wieder zum Anschauen des Festes. Das Fest aber dauerte bis in die Nacht. Da es dunkel wurde, ließ man gläserne Ballen kommen, in denen Lichter brannten, die auf die Tische gestellt wurden und eine überraschende Wirkung hervor brachten. Draußen war die dunkle Nacht auf der Haide, an deren Saume die schwarzen Wälder warteten, dunkle Menschen von einzelnen getragenen Lichtern unterbrochen, bewegten sich auf der Haide, dichte Menschen, hell in den Angesichtern beleuchtet, standen um das glänzende Bauwerk, und feine Strahlen spannen sich aus dem Gewebe in die Räume hinaus. Da die Herren von den Weinen tranken, wurden sie gesprächiger, und da die Gläser und Krüge in dem Volke viel herum gingen, sprach es auch unter sich und wurde heiter. Zulezt, da an der Tafel Lebehoch ausgebracht wurden auf Seine Majestät den Kaiser, auf alle wakeren Heerführer, auf den Grundherrn, auf jeden rechtschaffenen Mann und sämmtliche schönen Frauen, da wurde die Freude allgemein, viele Gläser strekten sich, von den Händen der Herren gehalten, bei dem Linnengebäude des Speisesaales heraus, um mit dem Volke anzustoßen, und die Rufe auf das Glük und die Gesundheit Aller, die es gut mit uns meinen, und die wir lieben, tönten weit in die Nacht hinaus. Endlich wurde das Fest aus, man erhob sich von der Tafel, um sich in das Jägerhaus zu begeben. Den Beschluß des Tages machte ein schöner Zug von Fakeln, bei deren Scheine sich die Herren, von denen jeder eine Frau oder ein Jungfräulein führte, zu Fuße nach Oberplan verfügten. Das gesammte Volk ging mit. Erst als die Schüzen und Gäste ihre Herbergen gesucht, und man die Fakeln eine nach der andern ausgelöscht hatte, zerstreute sich die Menge und begab sich auf die verschiedenen Wege nach Hause. In dieser einsamen Gegend, wo selten andere Abwechslungen vorkommen, als die des Wetters, der Jahreszeiten, und fruchtbarer und unfruchtbarer Jahre, wird, konnte man vorhersagen, das Andenken an diesen Tag nicht so leicht erlöschen, und Enkel und Urenkel werden sich von dem merkwürdigen Feste, das in dem Stegwalde und in Vorderstift einst gefeiert worden ist, erzählen.

Nach diesem Festtage sollten, wie es ausgemacht worden war, mehrere Zwischentage folgen, bis das zweite Jagen statt haben konnte. Diese Zwischentage sollten namentlich dazu dienen, daß der Grundherr manche Orte und manche Werke und Anlagen besuchen und besehen konnte, die er in dieser Gegend hatte, und zu denen er nicht so bald wieder kommen würde. Seine Gäste könnten es sich in dieser Zeit einrichten, wie sie wollten, und sich die Zeit mit Spielen, Herumgehen und andern Dingen, die sie erlustigten, vertreiben.

Der Herr ritt mit mehreren Begleitern auf dem neugemachten Wege nach dem Hüttenwalde, und durch diesen gegen den Hüttenhof und gegen die Alm, wo er eine Viehzüchterei und Käsewirthschaft hatte, er ritt dahin, um diese Dinge zu besehen, die Waldbesamungen zu besuchen, und die Geisberge, den Urbach und die Ratschläge zu besehen. Der Weg, den er nach und nach zurükzulegen hatte, war ein sehr langer.

Die zurükgeblieben waren, schafften Kähne herbei, und machten eine Fahrt auf der Moldau unter Schallmeien und Tannenkränzen. Dann fischten einige, dann besuchten sie Höhen, von denen man weit herum sah, oder sie gingen mit den Frauen und Fräulein in den Fluren spazieren.

In Oberplan war wegen dieser Dinge eine ganz außergewöhnliche Stimmung. Weil die Gegend so einsam liegt, so war der Vorstellungskreis der Bewohner durch die Ankunft der Herren verrükt worden. Es kam ihnen vor, als ob Jahrmarkt wäre, oder als ob Theaterspieler gekommen wären, oder als ob zur Fastnachtszeit Vermummungen aufgeführt würden. Jeder ging nach Verrichtung seiner Geschäfte noch gerne aus dem Hause, um einem der fremden Gäste zu begegnen, oder sie gehen zu sehen, oder sonst seine Neugierde zu befriedigen. Alle waren darin einig, daß die Herren sehr leutselig wären, daß sie mit jedem Weibe und jedem Kinde sprächen und sich sehr freundlich betrügen.

Das zufällige Nebeneinanderstehen Hanna's und des schönen jungen Herrn war nicht ohne weitere Folgen geblieben. Er hatte ausgeforscht, wer das Mädchen wäre und wo es wohne. Er war nach Pichlern zu dem weißen Häuschen gegangen, und hatte mit Hanna und der Mutter geredet. Er war öfter hinüber gegangen und hatte öfter mit Hanna geredet. Auch in Oberplan hatte er sie gesehen, wenn sie Neugierde halber hinüber kam, er hatte sie begleitet, und einmal hatte man ihn gar vor ihr im hohen Erlengebüsche auf den Knieen liegen gesehen, ihre Hand mit inbrünstigem Bitten haltend, und mit den wunderschönen Augen zu ihr hinauf blickend. Weil die andern Herren, welche zur Besichtigung mancher Werke der Gegend fortgeritten waren, viele Tage ausblieben, konnte die Sache in den Gang kommen, und Hanna auch von Empfindungen ergriffen werden. Die Beiden gingen mit einander im Kosen durch die Fluren, sie gingen an dem Wachholder und den grauen Steinen vorbei, sie gingen an der niedern Mauer, die als Feldeinfassung von dem weißen Häuschen durch die Thalniederung gegen das Gemurmel des Baches hinan lief, sie gingen an den blutrothen Blättern des Kirschengeheges, oder saßen auf den geraden und senkrechten Pfeilern des Felsens der Milchbäuerin. Er ging an dem hellen lichten Tage in das weiße Häuschen hinüber, oder er sendete sehr prächtig gekleidete Diener mit Botschaften an Hanna dahin. Man erstaunte über diese Dinge, und die alte Mutter war wie blödsinnig, und machte Knixe, wenn der schöne Herr oder seine Diener in das Häuschen traten.

Endlich bemächtigte sich der Ruf dieser Sache, und trug seine Gerüchte in der Gegend herum. Guido, wie die mitgekommenen Freunde den jungen Mann immer nannten, werde Hanna heirathen, sie werde zu einem erstaunlich hohen Stande erhoben werden, die Gegend, in welche man nur zu jagen gekommen sei, werde ein ganz anderes Fest, ein unglaubliches Fest und ein unvergeßlicheres Fest zu sehen bekommen, als die anfänglich bestellten Jagdfeste. Es sei schon Alles gewiß, und dem weißen Häuschen stehe eine Freude bevor, die man sich gar nicht vorstellen könne. Es seien jezt nur erst die Edelsteine, die goldgewirkten Kleider und die spinnengewebe-feine Wäsche unter Weges, und wenn diese angekommen wären, dann werde Alles öffentlich bekannt gemacht werden, und kein Zweifel mehr sein.

Weil jezt Alles nach ganz anderem Maßstabe in Oberplan geschah, als zu sonstigen Zeiten, so waren auch alle Köpfe verrükt, und hatten nur schöne Kleider und Hoffahrt und gnädige Frauen und gnädige Herren vor Augen. Die Bewohner von Pichlern, die weniger in Berührung mit den Gästen kamen, schauten nur mit Scheu und Verwunderung auf das weiße Häuschen.

4. Der dunkle Baum

Hanns wußte von dem Allem nichts. Der Grundherr wollte nämlich auch alle seine Holzschläge besuchen, und hatte deshalb den
Befehl ergehen lassen, daß kein Arbeiter seinen Plaz verlassen dürfe, bis er nicht dort gewesen und den Fortgang des Geschäftes gesehen hätte. Dies war die Ursache, daß Hanns nicht nur das Jagdfest
nicht hatte besehen können, sondern daß er auch troz des Sonnta-
ges, der in diese Zeit fiel, nicht in die Gegend hinaus gekommen
war.

Endlich aber war der Grundherr mit den Herren, die ihn begleitet
hatten, überall, wo er zu thun hatte, und also auch in Hannsens
Holzschlage gewesen. Die Folge hievon war, daß er nicht nur selber
nach Oberplan zurükkehrte, sondern auch seinen Arbeitern in Betracht seiner Zufriedenheit mit ihnen und in Betracht der außerordentlichen Zeit erlaubte, mehrere Tage zu feiern und hinaus zu
gehen, und die Feste anzuschauen.

Hanns ging von seinem Walde nach Pichlern.

Als er dort angekommen war, ging er zu dem weißen Häuschen;
aber er fand es verschlossen. Auf sein Befragen erfuhr er nun Alles.

Er ging zu seiner Schwester und zog die Sonntagskleider an.

Dann ging er wieder zu dem Häuschen, das noch verschlossen
war. Die Mutter, hieß es, sei mit ihrer Ziege auf den Brunnberg
gegangen oder sonst irgend wohin; und Hanna befinde sich in
Oberplan oder in einem andern Orte, wo man die Vorbereitungen
zu dem großen morgigen Jagen im Langwalde treffe.

Hanns ging nun in die grauen Steine. Er sezte sich dort auf einen
derselben nieder, und hielt den Kopf fest in beiden Händen, gleichsam als warte er.

Da aber eine Zeit vergangen war, stand er wieder auf und schlug
den Weg nach Oberplan ein. Als er gegen die Wiesen kam, in denen
die Moldau in einer Schlange geht, erstaunte er über das, was er
sah. Eine große Menge von Menschen war versammelt. Das Bret-
terhaus, das zu dem großen Tanzfeste dienen sollte, war schon auf-
gebaut und ragte aus dem Menschengewühle hervor. Hanns wußte

nicht, was das zu bedeuten habe. Als er aber sah, daß sich um dieses hölzerne Gebäude die meisten Leute drängten, ging er auch auf dasselbe zu. Er erreichte den Plaz und sah, daß um das Gebäude eine Treppenrundung lief, über die man hinaufgehen konnte, wo dann Säulen standen, die den Bau zierten, und zwischen denen man in das Innere sehen und auch an vielen Stellen hinein gehen konnte. Er stieg die Stufen zwischen den Menschen empor und stellte sich neben eine Säule. Da sah er im Innern einen großen Raum, auf dem gepuzte Herren herum gingen oder standen, er sah einen erhöhteren Raum, der um den ersten herumlief, auf dem sich Tische und Stühle befanden, und er sah noch ganz Oben rings herum einen Bau, wie eine zierliche Bühne, auf der man sizen und nach abwärts schauen konnte. Ueberall gab es Menschen. An den Säulen und Brettern waren schon die Nägel und Latten, an denen man die Lampen, die Tuchverzierungen und Blumen befestigen würde.

Hanns fragte einen Mann, an dem er dicht gedrängt stand, was es gäbe.

»Es werden die Treiber, die Heger, die Jäger und alles Andere verlesen, was morgen bei der Treibjagd im Langwalde statt haben solle,« antwortete der Mann.

Wirklich sah Hanns mehrere Herren an einem Tische mit Papieren beschäftigt, er sah, wie sie sprachen, und an manche Bewohner der Gegend Zettel vertheilten.

Oben auf der zierlichen Bühne sah er nebst vielen andern Menschen auch Hanna sizen. Sie saß neben dem wunderschönen Guido, hatte ihre weiche Hand in seine beiden gelegt, und so sahen sie in den Saal hinab.

Jezt trat ein Herr von dem Tische weg und rief: »Nun wollen wir die Schüzen verlesen, auf welchen Ständen sie sich morgen vor Tagesanbruch einfinden sollen, und auf welchen Jeder, ehe die Sonne aufgeht, gerüstet dastehen muß.«

Es ward in dem Saale etwas stiller, und der Herr las mit lauter Stimme aus einem Papiere vor: »Herr Andreas bei der rothen Lake.«

»Weiß sie nicht.«

»Gidl wird dich führen.«

»Herr Gunibald in der Kreixe.«

»Weiß sie.«

»Herr Friedrich von Eschberg am gebrannten Steine.«

»Weiß ihn nicht.«

»Der Schmied Feirer wird euch begleiten.«

»Herr Guido beim beschriebenen Tännling.«

»Weiß ihn.«

»Herr Albrecht Hammermann im Fuchslug.«

»Weiß es.«

»Herr Thorngar am Brunnkreß – Herr Wenhard am Obergehag – Herr Emerich im Auwörth.«

»Wissen es.«

Und so ging es fort, bis sämmtliche Herren und Schüzen herab gelesen waren. Da dies das Lezte war, was verkündet werden mußte, so gingen die meisten Herren und mit ihnen auch andere Leute von dem Holzgebäude fort. Hanna und Guido erhoben sich und verschwanden hinter dem Volke. Hanns drängte sich durch die Leute, die an der äußeren Treppe waren, um die Stelle zu gewinnen, an der Hanna aus dem Gebäude kommen mußte. Als er dahin gelangte, sah er, daß sie bereits in einem leichten schönen Wagen saß, daß Guido bei ihr saß, daß sich ein prächtig gekleideter Diener hinten hinauf schwang, und daß der Wagen fort rollte. Er rollte an den nächsten Häusern, wo man einen Weg über die Wiesen gemacht hatte, herum, und schlug die Straße nach Vorderstift ein.

Hanns wendete sich um und ging nach Pichlern. Er hatte dort bei seiner Schwester einen Schrein, in welchem er seine Arbeitsgeräthe, die er eben nicht auf dem Holzplaze brauchte, aufbewahrt hatte. Er öffnete die Thür des Schreines, und sah auf die Dinge, die da in angebrachten Querhölzern in Einschnitten stekten. Er nahm zuerst einen Bohrer heraus und stekte ihn wieder hin, dann nahm er ein Sägeblatt, besah es und stekte es wieder in die Rinne. Dann nahm er eine Axt, wie er sie gerne anwendete, wenn er keilförmige Einschnitte in die Bäume auszuschrotten hatte. Diese Aexte haben gerne einen langen Stiel, sie selber sind schmal und von scharfer Schneide. Diese Axt nahm er heraus und that die Thür des Schreines wieder zu. Dann ging er in die Schwarzmühle, wo sie hinter dem Gebäude der Brettersäge unter einem Ueberdache einen Schleifstein haben, den man mittelst eines Wässerleins, das man auf sein Rad leitete, in Bewegung sezen konnte. Hanns rükte das Brett, das das Wasser dämmte, sezte den Stein in Bewegung und schliff seine Axt. Als er damit fertig war, lenkte er das Wasser wieder ab, stillte den Stein, nahm die Axt auf seine Schulter, wie er sie gerne hatte, wenn er sich nach dem Thußwalde begab, und ging davon. Er ging hinter dem Dorfe durch die Gärten des Weißkohles gegen den Brunnberg zu.

Das Töchterlein eines armen Weibes, das man die Sittibwitwe nannte, sah ihn dort gehen und sagte: »Mutter, da geht Hanns.«

»Laß ihn gehen,« sagte diese, »das ist eine sehr unglükselige Geschichte.«

Hanns stieg über die sehr niedere Mauer, die um die Kohlgärten aus losen Steinen gelegt war, und ging durch die verkrüppelten Erlenstauden und durch die Wachholdergebüsche empor, durch welche Hanna an ihrem ersten Beichttage in der Dämmerung hernieder gegangen war. Er ging an der Milchbäuerin vorüber und begab sich zu den zwei Brunnenhäuschen. Dort lehnte er die Axt an den Stamm der Linde, kniete vor der Thür des einen Häuschens nieder, nahm den Stiel des Schöpfers, schöpfte sich Wasser heraus und trank einen Theil davon. Mit dem Reste benezte er sich die Stirne, benezte sich die Augenbrauen, die Augenlider und dann die Augen selber. Er ließ eine geraume Zeit das Naß auf diesen Theilen des Körpers liegen, dann zog er ein Taschentuch hervor und troknete sich ab. Als dies geschehen war, schüttete er das Wasser, das noch in dem kleinen Schöpfkübel war, aus, und schöpfte sich neues. Von diesem that er noch einmal einen Trunk und schüttete den Rest in den Brunnen zurük. Hierauf legte er den Schöpfkübel in seine gewöhnliche schwimmende Lage auf das Wasser und erhob sich von den Knieen. Er nahm wieder die Axt und schlug den Weg zwischen den Baumreihen zu dem Kirchlein zum guten Wasser ein.

Als er bei dem Kirchlein angekommen war, dessen Thür offen stand, blieb er auf dem Grabsteine, der vor der Thüre liegt, stehen, und that seinen Hut ab. Dann ging er hinein, den Hut in der einen seiner Hände haltend. Mit der andern nahm er die Axt, die er trug, von der Schulter, und lehnte sie neben dem Beken, das das Weihwasser enthielt, in eine Mauereke. Hierauf ging er bis zu dem Hochaltare hinvor. In dem Kirchlein war Niemand, als zwei sehr alte Mütterlein, die vielleicht die einzigen waren, welche von dem Verhältnisse zwischen Hanns und Hanna nichts wußten. Hanns kniete an den Stufen des Hochaltares, auf welchem sich die schmerzhafte Jungfrau Maria befand, nieder. Er legte den Hut neben sich, faltete die Hände und betete. Er betete sehr lange. Dann lös'te er die gefalteten Hände auf, neigte sich vorwärts, neigte sich immer mehr und legte sich endlich auf den kalten Stein, daß seine Arme auf demselben lagen, und seine Lippen denselben berührten. Er küßte den Stein mehrere und wiederholte Male. Dann richtete er sich nach und nach auf, und blieb wieder knien und betete wieder. Als er genug gebetet hatte, that er die gefalteten Hände wieder auseinander, fuhr mit der rechten gegen die Stirne und machte das Zeichen des heiligen Kreuzes. Dann nahm er den neben sich liegenden Hut, stand auf und ging wieder in der Kirche zurük. Die Mütterlein machten einen demüthigen und kirchlichen Gruß gegen ihn mit Neigen des Hauptes. An der Thür nahm er mit den Fingerspizen Weihwasser aus dem Beken, besprizte sich das Antliz und machte wieder das Kreuzzeichen. Dann nahm er wieder seine Axt aus der Mauereke, that sie auf die Schulter, trat aus der Kirche und sezte den Hut auf.

Von der Kirche ging er zu dem Kreuze empor. An demselben legte er wieder den Hut und die Axt ab, kniete auf den flachen Stein, der vor dem Holze lag, er kniete so nahe, daß seine Brust fast dicht an dem rothen Stamme war, und betete da wieder. Nachdem er gebetet hatte, nahm er abermals Hut und Axt.

Gegen den Gipfel des Kreuzberges sehen dunkle Waldhäupter herein. Man sieht sie, wenn man den fernen blauen Alpen, die im Süden sind, den Rüken zuwendet. Die Waldhäupter sind durch ein Thal von dem Kreuzberge geschieden, führen den Namen des oberen Waldes, und leiten quer über ein Thal in den Langwald. Hanns, nachdem er von dem Beten aufgestanden war, wendete gar nicht den Rüken, der gegen Oberplan und seine Bewohner gerichtet war, sondern sah gegen die Waldhäupter. Er ging in der Richtung gegen sie über den Berg hinab. Im Thale unten beginnen dünnstehende Föhrenstämme, die den Namen der Schieder führen. Hanns ging zwischen den Stämmen und auf dem sumpfigen Boden, der sich unter ihnen befindet, dahin. Er ging durch die Wiesen, die jenseits der Schieder sind, und klomm endlich die Höhen des oberen Waldes hinan, der dichten verworrenen Baumwuchs und in ihm das eigenthümliche Gedämmer schwerer Wälder hat. Er klomm zwischen den Stämmen immer weiter und weiter hinan. Die Kuppe des oberen Waldes ist ein von Bäumen entblös'ter Fels, von dem aus man das böhmische Waldland wie ein graues Gewebe liegen, und seine Teiche darin wie Lichtblike glänzen sieht. Als Hanns diese Kuppe erreicht hatte, blieb er eine Weile stehen und betrachtete das Land, vielleicht die höchste menschliche Gestalt, die man heute in den Lüften hätte erbliken können. Er blieb eine gute Weile stehen und sah hinaus. Die Sonne war nur mehr einen kleinen Bogen von dem Rande der Westwälder entfernt. Dann ging er wieder weiter.

Er ging jezt einen sanften Abhang schief abwärts, der mit Gebü-
schen, Laubbäumen und Steinen besezt war. Er ging immer fort.
Wo die Dachung des Gehölzes minder schief war, und wieder fast
sich ebenem Lande gleich gestaltete, that sich eine längliche Wald-
wiese auf, auf der neben einem grauen Steinhaufen ein Schoppen
stand, in den man im Sommer das Heu thut, um es im Winter auf
dem gefrornen Hochschnee mit Handschlitten nach Hause zu bringen. Hanns stand vor dem Schoppen, und sah eine Weile in das
Heu hinein. Dann sah er mit der Hand über den Augen nach dem
Stande der Sonne. Diese blikte nur mehr durch die niederen vergol-
deten Tannenzweige herein. Dann ging er wieder weiter. Er ging
jezt durch dichten dunkelnden Wald. Er ging an starken Stämmen
vorüber, die die rauhe Rinde hatten, und von deren verdorrten
Aesten die grünen Bärte des Mooses herunter hingen. Er ging an
großen Steinen vorüber, die mit einer weichen Hülle bedekt waren,
auf der zarte Fäden und feuchte Blättchen wuchsen. Er ging auf
dem modrigen Boden, der die tausendjährigen Abfälle der Bäume
enthielt, und dem Tritte keinen Widerstand leistete. Er ging auf
keinem Wege, weil er die Gestalt und Richtungen des Waldes auch
ohne Weg sehr gut kannte. – Endlich war er an seinem Ziele. Ein
sehr hoher Baum stand unter den andern ebenfalls hohen und alten
Bäumen des Waldes. Hanns lehnte die Axt an den Stamm und sah
den Baum an. In seiner Rinde waren die Zeichen der Liebe eingegraben: ein Herz mit Flammen, die durch auseinander gehende
Striche angedeutet waren, ein Ring, der zwei Namen umfaßte, ein
Kreuz, das aus Keilen empor ragte, der Name Maria's, der aus ver-
schlungenen Buchstaben zusammengesezt war, dann andere Namen, in zwei Buchstaben bestehend, oft verziert mit einem Kränz-
lein oder dergleichen, oft ohne Verzierung, zuweilen frisch, so wie
die Besizer noch in Jugend unter den Lebenden wandeln, zuweilen
vernarbt und unkenntlich, so wie die Liebenden schon durch Alter
eingebükt, oder im Grabe bereits zerfallen sind. Der Baum stand
sehr hoch in die Abendluft empor, und zeichnete seine Zaken, weil
er eine Tanne war, in dieselbe. Die wagrechten Aeste ruhten wie die
ausgebreiteten Fittige eines Vogels in der Luft. An dem Fuße des
Stammes lagen einige Steine, als wären sie zum Sizen und Ausru-
hen her gelegt worden. Auch ging ein schwaches Waldweglein an
dem Baume vorbei, auf dem aber Hanns nicht gekommen war.

Nachdem Hanns den Baum so betrachtet hatte, nachdem er eine Weile so gestanden war, knöpfte er sich den Rok bis an's Kinn zu und sezte sich auf die Steine, die an dem Fuße des Stammes lagen. Es war der Abend schon sehr stark herein gebrochen, und Hanns sah mit seinen Augen in das Dunkel und in die Dämmerung. Die Baumgitter, die emporwachsenden und nun verdorrten Kräuter und der Boden waren nicht mehr zu unterscheiden, nur daß ein feuchter Punkt oder ein schwaches Wässerlein noch zeitweilig blizte. Aber endlich hörte auch dieses auf, und es war nur eine einzige Finsterniß, in der Alles still war.

Hanns saß mit dem Rüken an dem Stamme und schlummerte.

Da kam in der Nacht eine seltsame Erscheinung. Um den Baum wurde es immer lichter und lichter, so daß seine Zaken deutlich in der Helle standen und erkennbar waren. Der Baum war so hoch, daß er bis in den Himmel reichte, und bis in den Himmel reichte die Helle um seine Zaken. In den Zweigen hoch im Himmel stand das Bildniß der heiligen Jungfrau, wie es im Kirchlein zum guten Wasser ist, und doch war sein Antliz und seine Züge recht deutlich zu erkennen. Auf dem Haupte war die Krone, aus der Brust standen die sieben Schwerter und in dem Schooße ruhte der gekreuzigte Sohn. Das Bild hatte den Blumenstrauß in der Hand, von dem die Bänder nieder gehen, es hatte das starre seidene Kleid an mit den Flimmern, mit den gestikten Blumen und den gewundenen Stängeln. Das Antliz aber sah strenge, unerbittlich strenge auf Hanns hernieder. Es sah unverwandt und ernst auf ihn nieder. Da ermannte sich Hanns, er erwachte, er wandte das Haupt aufwärts und sah in den Baum. Der Baum war wieder so klein geworden wie sonst, die heilige Jungfrau stand nicht mehr in den Zweigen, aber ein großes Stük Mond, das, indessen Hanns geschlafen hatte, aufgegangen und über den Wald herüber gerükt war, stand fast gerade über den Baum, daß seine Zweige glänzten, daß zwischen ihnen lange Lichtstreifen wie silberne Bänder auf Hanns nieder gingen, und daß die Dinge des Waldes in einem zweifelhaften aber doch erkennbaren Lichte da standen. Hanns erhob sich von seinem Size, trat ein wenig seitwärts, und sah wieder auf den Baum. Aber es war immer das Nämliche. Da fuhr Hanns mit der Hand über sein Angesicht, und sagte die Worte: »Es muß etwas Verworrenes gewesen sein, um das ich gebetet habe.«

Dann nahm er den Rok etwas enger zusammen, und drükte die Oberarme gegen den Leib; denn es war ihm im Schlafe sehr kalt geworden. Dann ging er wieder gegen den Baumstamm, und griff mit den Händen in der Gegend, wo er die Axt hingelehnt hatte. Als er sie gefunden hatte, nahm er sie in die Hand, trat weg und sah wieder auf den Baum. Dann sah er noch einmal hinauf, schulterte dann seine Axt und ging von der Stelle fort.

Er ging in anderer Richtung als er gekommen war, er ging zwischen den Stämmen und an den hie und da von dem Monde beleuchteten Gesträuchen dahin.

Als der Morgen anbrach, an dem die Treibjagd im Langwalde sein sollte, war er schon weit von demselben entfernt. Er ging auf den baumentblößten Höhen dahin, die nicht weit von dem Markte Wallern sich hinziehen.

Der Mann schien ganz gebrochen zu sein. In einer Hütte, die eine halbe Stunde Weges von Wallern liegt, bat er um eine Suppe. Als man ihm dieselbe aus Milch und Mehl gemacht hatte, und als er dieselbe getrunken hatte, begab er sich wieder auf den Weg. Er lenkte von der bisherigen Richtung ab und schlug die nach dem Thußwalde ein.

Als er in seinem Holzschlage angekommen war, legte er sich unter der Bretterhütte in das Heu und in die getrokneten Kräuter des Waldes, die dort zur Lagerstelle waren. Dort blieb er immer liegen, so lange die Festlichkeiten in Oberplan dauerten, und so lange die anderen Holzknechte, welche freie Zeit hatten, zur Beschauung derselben sich draußen befanden. Nur ein Paar alte Weiber waren wegen Beschwerlichkeit des langen Weges zurük geblieben, sie unterhielten das Feuer vor der Hütte, kochten sich und gaben auch Hanns zu essen.

Die Jagd im Langwalde war an dem Tage abgehalten worden. Guido stand schon vor Aufgang der Sonne an dem beschriebenen Tännlinge. Weiter unten im Dikichte stand sein Diener, und so waren in dem ganzen Walde die einzelnen Männer zerstreut, daß das Wild, wenn es vor dem Lärme der Treiber dahin strich, zu Schusse käme, und seinen Zoll, bevor es in unbesezte Reviere ausbrechen konnte, abgäbe. Die meisten Schüzen zogen diese Art Jagd bei weitem einer Nezjagd vor, weil dem Wilde der Raum zur Flucht gegeben ist, und eine Geschiklichkeit erfordert wird, den Augenblik zu benüzen, um das flüchtende Gewild nieder zu streken. Nur das Volk hatte von dieser Jagd weniger Vergnügen, weil es nicht zuschauen und sich nur an dem heimgebrachten Wilde, an den Sträußen auf den Hüten und an den fröhlichen Mienen der Schüzen ergözen konnte. Guido hatte einen Hirsch an dem beschriebenen Tännlinge geschossen, ein Anderer etwas anderes, und so vergnügt waren alle Schüzen, daß man noch ein zweites Treibjagen verabredete, ehe es zu dem Balle auf den Moldauwiesen käme, obwohl dieses zweite Treibjagen nicht in dem ursprünglichen Plane gelegen war.

An der Ausschmükung und Herstellung der Gebäude auf den Moldauwiesen zu dem großen Tanzfeste wurde auch auf das Eifrigste gearbeitet.

Indessen geschah das Außerordentliche, was manche geahnt, manche vorausgesagt, und doch wenige eigentlich geglaubt hatten. Hanna wurde öffentlich als Guido's Braut erklärt. Sie sollte mit ihm sammt ihrer Mutter auf seine Besizungen geführt und dort getraut werden. Von dem Augenblike der Erklärung an stand immer ein schöner leichter Wagen vor dem weißen Häuschen, den sie beliebig gebrauchen konnte. Kleider und Schmuk waren auch angekommen. Die Bewohner von Pichlern sahen sie in einem schönen Gewande, um den Hals hatte sie ein glänzendes kostbares Ding, und um den schönen Arm einen goldenen Ring.

Das zweite Treibjagen war in einer andern Waldgegend abgehalten worden.

Jezt kam auch die Nacht des Tanzfestes, des lezten Festes, das gefeiert werden sollte. Die Holzgebäude mit allen ihren Ausschmükungen waren fertig geworden. Unermeßliche Zuschauermengen strömten von allen Gegenden zusammen, und drängten sich in dem Raume außerhalb der Säulen. So viele Lichter waren angezündet worden, daß man meinte, der ganze innere Bau lodere im Feuer. So viele kunstreich gemachte Blumen waren verschwendet worden, daß man meinte, so viele natürliche könnten in zwei Jahren nicht in Oberplan wachsen. Die Herren und Frauen waren so schön, so außerordentlich schön, daß Alles, was man bisher gesehen hatte, nur ein Spielwerk und ein kindisches Ding dagegen war. Sie führten angenehme Tänze auf, Menuette und andere. Das feinste Bakwerk und süße Weine wurden an die Frauen vertheilt. Das Höchste waren Spiele und Masken. Es waren Schäfer und Schäferinnen, Bauern und Bäuerinnen, Jäger, Bergleute, Zauberinnen, dann Götter und Göttinnen, insbesondere Venus und Adonis zugegen. Hanna nahm schon an dem Feste in dem kostbaren Gewande der vornehmen Frauen Antheil. Erst gegen Morgen entfernten sich die Gäste, erloschen die Lichter, und begaben sich die mit Verwunderung überladenen Zuschauer auf den Heimweg.

Der Tag war der Ruhe gewidmet. Der nächste war zur Abfahrt bestimmt.

Als dieser Tag angebrochen war, geschah der Abzug aller Herren und Frauen zu Wagen und zu Pferd mit Dienerschaft und Troß, wie es der Jagdmarschall vorher bestimmt hatte. Hanna und ihre Mutter, die bereits Dienerinnen hatten, waren in dem Zuge.

In Oberplan und in der Umgegend war es nun leer und stille. Das Gebäude auf den Wiesen wurde abgetragen, das Gerüste im Stegwalde wurde abgebrochen, und bald war das Ganze in der Erinnerung der Menschen, wie ein Traum.

Nach einiger Zeit kam die amtliche Kunde von der Vermählung Hanna's und Guido's. Die Leute sagten, daß sie in einem sehr schönen Schlosse wohne, und daß auch die Mutter in demselben size, aber traurig sei. –

Hanns hatte lange nach diesen Ereignissen erst erzählt, was ihm am beschriebenen Tännlinge begegnet wäre.

Jahre nach Jahren waren vergangen. Hanns blieb immer im Holzschlage. Als seine Schwester, die geheiratet hatte, kurz nach ihrem Manne gestorben war, nahm er die drei hinterlassenen Kinder zu sich, und ernährte sie.

Als nach vielen Jahren Hanna wieder einmal in die Gegend kam, begegnete sie Hanns. Sie fuhr eben auf dem Wege zwischen Pichlern und Pernek. Sie hatte eine dunkle sammtne Ueberhülle um ihren Körper und war in dem Wagen zurück gelehnt. Ihr Angesicht war fein und bleich, die Augen standen ruhig unter der Stirne, die Lippen waren ebenfalls schier bleich, und der Leib war runder und voller geworden. Hanns, dessen Angesicht Furchen hatte, stand auf dem Wege. Er hatte sich an ein mit Leinwand überspanntes Wägelchen gespannt, in dem er die drei Kinder eben in seinen Holzschlag führte. Hanna, die ihn nicht kannte, wollte dem armen Manne eine Wohlthat erweisen, und warf einen Thaler aus ihrem Wagen auf die Erde. Hanns aber hatte sie gar wohl erkannt.

Er ließ später den Thaler in eine Fassung geben, und hing ihn in dem Kirchlein zum guten Wasser auf, wie man silberne oder wächserne Füße und Hände in solchen Kirchen aufzuhängen pflegt. – –

Als eine Zeit nach Hanna's Vermählung sich ihre Gespielinnen an den Abend ihres ersten Beichttages erinnerten und sagten, daß Hanna's Voraussagung in Erfüllung gegangen sei, daß sie nun schöne Kleider habe mit gewundenen Stängeln und Gold- und Silberstikerei, und daß sich an ihr die Gnade der heiligen Jungfrau recht sichtlich erwiesen habe, erwiederte der uralte Schmied in Vorderstift: »An ihr hat sich eher ihre Verwünschung als ihre Gnade gezeigt – ihre Weisheit, Gnade und Wunderthätigkeit haben sich an Jemand ganz anderem erwiesen.«

Über tredition

Eigenes Buch veröffentlichen

tredition wurde 2006 in Hamburg gegründet und hat seither mehrere tausend Buchtitel veröffentlicht. Autoren veröffentlichen in wenigen leichten Schritten gedruckte Bücher, e-Books und audio-Books. tredition hat das Ziel, die beste und fairste Veröffentlichungsmöglichkeit für Autoren zu bieten.

tredition wurde mit der Erkenntnis gegründet, dass nur etwa jedes 200. bei Verlagen eingereichte Manuskript veröffentlicht wird. Dabei hat jedes Buch seinen Markt, also seine Leser. tredition sorgt dafür, dass für jedes Buch die Leserschaft auch erreicht wird.

Im einzigartigen Literatur-Netzwerk von tredition bieten zahlreiche Literatur-Partner (das sind Lektoren, Übersetzer, Hörbuchsprecher und Illustratoren) ihre Dienstleistung an, um Manuskripte zu verbessern oder die Vielfalt zu erhöhen. Autoren vereinbaren direkt mit den Literatur-Partnern die Konditionen ihrer Zusammenarbeit und partizipieren gemeinsam am Erfolg des Buches.

Das gesamte Verlagsprogramm von tredition ist bei allen stationären Buchhandlungen und Online-Buchhändlern wie z. B. Amazon erhältlich. e-Books stehen bei den führenden Online-Portalen (z. B. iBookstore von Apple oder Kindle von Amazon) zum Verkauf.

Einfach leicht ein Buch veröffentlichen: **www.tredition.de**

Eigene Buchreihe oder eigenen Verlag gründen

Seit 2009 bietet tredition sein Verlagskonzept auch als sogenanntes "White-Label" an. Das bedeutet, dass andere Unternehmen, Institutionen und Personen risikofrei und unkompliziert selbst zum Herausgeber von Büchern und Buchreihen unter eigener Marke werden können. tredition übernimmt dabei das komplette Herstellungs- und Distributionsrisiko.

Zahlreiche Zeitschriften-, Zeitungs- und Buchverlage, Universitäten, Forschungseinrichtungen u.v.m. nutzen diese Dienstleistung von tredition, um unter eigener Marke ohne Risiko Bücher zu verlegen.

Alle Informationen im Internet: **www.tredition.de/fuer-verlage**

tredition wurde mit mehreren Innovationspreisen ausgezeichnet, u. a. mit dem Webfuture Award und dem Innovationspreis der Buch Digitale.

tredition ist Mitglied im Börsenverein des Deutschen Buchhandels.

Dieses Werk elektronisch lesen

Dieses Werk ist Teil der Gutenberg-DE Edition DVD. Diese enthält das komplette Archiv des Projekt Gutenberg-DE. Die DVD ist im Internet erhältlich auf **http://gutenbergshop.abc.de**

Zeitfracht Medien GmbH
Ferdinand-Jühlke-Straße 7
99095 Erfurt, Deutschland
produktsicherheit@kolibri360.de